永い言い訳

漫長的藉口

西川美和　劉子倩——譯

我

大學時交往的女友，總在即將高潮的瞬間喊不要。不是鼓舞我的那種「不要」。是真的不要，她會主動抽離。

但她說並非故意拒絕我。她會貼近我身旁，把尖尖的下巴放在我當時仍顯單薄的胸膛上，一手握住我依然亢奮的那話兒，開始長篇大論地辯解為何非得喊停。

「小學三年級的時候，我辦了一場盛大的生日派對。吃著我媽特地下廚準備的大餐，唱歌切蛋糕，拿到禮物後，開始坐氣球比賽。」

「坐氣球？」

「就是把氣球放在椅子上，用屁股壓破後，再跑回下一個人那裡交棒。如果氣球沒有破就不能交棒換人。你不知道？」

「不，我知道。只是沒有玩過。但你們在家裡玩那個？在慶生派對上？」

「對呀。」

「太好了。」

「呵呵。你明明不這麼認為。」

「沒那回事。不過，不管怎樣，一定很熱鬧吧。」

「是啊。非常熱鬧。其實我平時並不是那種眾星捧月的中心人物喔。唯獨那一天我從一開始就是主角。跟我要好的女同學們，還有我偷偷喜歡的男同學都被請來家裡，鬧哄哄的。簡直雞飛狗跳。」

「嗯哼。」

「我們分為二支隊伍比賽，我這隊的最後一棒當然是我。另一隊的最後一棒是跟我最要好的珠美。戰況非常激烈。如今想來甚至覺得太過火。兩隊你來我往形成拉鋸戰，直到最後都激烈得喘不過氣，成了最後一棒的較量。可我們兩人不管怎麼粗魯地用屁股擠壓，氣球都不肯破，漸漸自己也覺得好笑，我捧腹大笑，笑得連自己都擔心會不會把吃下的大餐全部吐出來，最後肚子完全用不上力。但我怎麼能輸。這可是我的生日。在同學們哇哇大叫的加油聲中，我摀住抽筋的腹部，卯足全力，大汗淋漓地使出吃奶的力氣往氣球上狠狠一坐。結果——」

「結果怎樣？」
「氣球破了。」
「滿厲害的嘛。」
「而且，隔壁的房子也燒起來了。」
「啥？」
根據她的說法，她和珠美坐在氣球上屁股扭來扭去時，隔壁家的主婦正好開始準備晚餐，結果炸天婦羅的鍋子起火了。她母親聽到隔壁的騷動後，才不管甚麼氣球破不破，立刻尖聲嚷著「快逃！」闖進來。她們全家大小都平安無事躲到房子外面，隔壁的火災也只是虛驚一場很快就被撲滅，但是慶生會就此解散。那麼緊張刺激的坐氣球比賽，結果無人歡喜也無人難過就此倉促結束。哪天不好挑，偏偏挑今天。幹嘛非要在這個節骨眼失火。她詛咒隔壁主婦的粗心，但是直到她開始有性經驗之後，才發現當日那段經歷居然對人生造成深遠影響。嚴格說來應該是在她體會到甚麼是性高潮之後。每次只差一點點就要到達高潮之際，那次慶生會時母親準備的爆米花氣味就會不知不覺在鼻腔深處重現，同時有種難以形容的不安掠過心頭，從此，無論對象是誰，她都會在高潮前喊停。

「剛才也有爆米花的氣味？」
「對。我聞到了。」
「我完全沒聞到。」
「聞不到最好。那是悲傷的氣味。」
她彷彿獨自背負全世界的不幸般如此說道。
「如果繼續做下去，我覺得又會在哪發生我絕對無法預測的悲劇，然後就再也受不了。萬一就在我得意忘形，擺脫束縛飄飄欲仙之際突然出事怎麼辦。所以我很害怕，無法再繼續下去了。即便我非常想繼續。我成了自制力的奴隸。」最後她彷彿很憐憫自己似地潸然落淚。
其實我並沒有被說服，可每次我跟她上床後，就算再怎麼精疲力盡欲求不滿也必然會聽到她那套解釋。就像儀式一再重複。有時甚至比做愛本身的時間更長。好似聽老奶奶話當年，每次都有不同的情節發展或添加新的細節，隔壁主婦油炸的東西有時變成可樂餅，有時是炸雞塊，那或許是她個人的創意，但是年輕的我自然不可能被那種東西滿足。或許我該對她闡述「成功體驗之重要性」。我該告訴她「如果抗拒恐懼讓雙方同時到達高潮，而且能夠確認周遭安全的話，妳就可以告別爆米花的氣味了」。或者我還應該說

「妳並不孤單，有我陪著」云云。但我沒自信講出那種話。說不定，她只是用很長很長的藉口掩飾對我這個男人的缺乏性趣。我始終無法抹去這樣的懷疑。過了半年後，雙方不約而同提出分手，她離我而去的日子終於來臨。望著她收拾放在我住處的少許內衣及化妝用品的背影，我試著問她性交的動作是否與坐在氣球上的感覺相似，但她頭也不回地回答我，那關你屁事。

我已遺忘那件事多年。不知如今她是否依然禁止自己達到高潮。如今想來，就算那樣很不幸，但她始終恪守那項規定的人生，其實並未遭遇「最壞的事件在最壞的時間點發生」這種最壞的不幸吧。我雖然聽她講了好多次那個故事，卻甚麼也沒聽進去。之後，也一直是只要覺得爽就像擺脫束縛似地不斷擠破屁股下面的氣球。如果當時我把她的故事視為一則箴言，從此正襟危坐的話不知會怎樣。抑或，那個藉口，果真是她對我拙劣的床上功夫出於善意的迂迴拒絕？如果她現在還是我的朋友，我很想告訴她，不管怎樣妳的確是對的，可惜我連她的長相都忘了。

＊

衣笠幸夫（Kinugasa Sachio）憎恨父親。

他的誕生，是在廣島東洋鯉魚隊的衣笠祥雄（Kinugasa Sachio）選手升格一軍的不久前。幸夫的父親衣笠忠郎在他出生時還不知道前者的存在，而且也再三辯解自己做夢也沒想到那個湊巧與自家兒子姓名發音相同的人物，之後竟然能夠締造連續出賽世界新紀錄的壯舉，甚至獲頒國民榮譽獎章，但兒子始終不肯相信。

一九七〇年代中期，就在衣笠幸夫即將上小學時，日本職棒中央聯盟的紅帽軍團[1]勢如破竹連戰連勝，迎來球團史上的黃金期，身為強棒打者的衣笠選手強烈的個人風格及存在也變得無人不知無人不曉。

從此每當幸夫被老師喊出全名時，全班同學總像要確認幸夫的困窘般一齊回頭對他行注目禮。即便在醫院的候診室或畢業典禮這種成年人也在場的場合，只要一喊到他的名字，全場霎時豎起耳朵，以目光追隨幸夫站起來的身影，然後總會冒出一陣偷笑聲。

眼看兒子即將步入青春期仍對自己的名字頻頻抱怨，父親也傷透腦筋。

「衣笠選手是個偉大的人物。世上也有人和更差勁的二流、三流笨蛋選手同名同姓。比起他們，你已經很幸運了。」

「這是甚麼歪理。」

「況且你只要報上名字，人家就會立刻記住你，不是嗎？」

「所以才討厭啊。」

「傻瓜。等你將來踏入社會這點意外重要喔。就像你老爸，在客戶面前還會主動先說我是和衣笠選手同姓的衣笠咧。對方聽了就會說，『噢，鐵人啊，要加油喔。』當場馬上可以拉近關係。」

「你明明三天兩頭發燒請假不上班。而且你又不叫做衣笠Sachio。你哪會了解我的心情！」

「你對父親這是甚麼態度！」

幸夫寧願父親是狂熱的鯉魚隊球迷，尤其是衣笠選手的忠實粉絲，希望兒子也擁有像衣笠選手一樣強韌的精神，成為真摯努力的人，所以才替兒子取這種名字。如果有這樣的前因，或許還比較能接受。

幸夫絕對不碰棒球。因為他害怕每個人在認識自己之前，先把他當成衣笠祥雄看待。既然和名人同名，說不定也會發揮類似的能力——為了抵抗周遭這種毫無根據的期待，他堅信除了拒絕碰球棒之外，別無他法。他對體力本來就毫無自信，況且他擔心只要揮過一次球棒，不管那是多麼笨拙的扭腰揮棒，或是豪邁地全力揮棒，打從第一次揮棒就只會被人拿來與衣笠祥雄選手的揮棒比較，至於幸夫自己的揮棒姿勢，恐怕誰也不會關注。

此外，同樣諷刺的是，長相肖似母親的少年幸夫，肌膚白皙得甚至令人不安，飄逸的淺色頭髮之間露出一雙丹鳳眼，就像少女們喜愛的戀愛漫畫中標準的白馬王子一樣纖細，這樣的外貌和「棒球鐵人衣笠」全身醞釀出的濃郁野性及親和力相差十萬八千里，甚至無法成為別人嘲笑的對象，結果反而讓周遭冷場。

同班同學之中有個名字奇特的少年伊刈靖（Ikari Yasushi），由於名字的發音，以及肥厚外凸的下唇這個特徵，令人想到當紅的搞笑團體組合「漂流者」（The Drifters）的隊長碇矢長介（Ikariya Chousuke），因此頻頻被同學用「碇矢」或「長哥」這類綽號調侃。但，伊刈對此泰然處之的表情及態度，反而令人越發聯想到本尊，而且他偶爾還會回應同學的揶揄，主動應聲「我在喲——」，那招簡直是大絕招，每每贏得滿場喝采。實際上二人的長相並沒有那麼相像，但當他那麼做就會不可思議地看似一個模子刻出來的，逗得少年少女捧腹大笑。伊刈的外貌與氣度，很快就讓嘲笑者的好奇心直接轉變為親近感與好人緣，雖然繼續被戲稱為「長哥」，不知不覺已發揮不遜於本尊的飄飄然長老氣質與領導能力。

幸夫嫉妒伊刈的存在。他希望自己也能像伊刈一樣成為逗人發笑的開心果。一旦變成不好笑的人物，再怎麼掙扎也找不到博取他人一笑的突破口。越掙扎越深陷泥沼，只能不斷看別人臉色，至少不要讓不好笑演變成敵意，每天都過得喘不過氣。但這一切，到底該歸咎於自己這張討女人喜歡的俊俏臉孔，還是該怪父親取的名字？仔細想想，可恨的顯然是那個名字。幸夫一點也不討厭自己的容貌。

童年結束後，幸夫還是對棒球毫無興趣，但大學畢業成為上班族時，偶爾在小餐館聽到電視轉播棒球賽的播報者喊出那個名字，聽到早已自球壇退休的衣笠祥雄從容不迫的解說聲時，他忽然萌生一個念頭：如果少年時代曾經當面遇見衣笠選手，衣笠選手八成會建議自己去打棒球吧？他可能會說，別想那麼多，總之你先打棒球試試。第一次揮棒，第一次擊中，第一次跑壘，第一次守備，第一次失誤，哪怕一切都會被拿來與本尊比較、疊合、遭到嘲笑，但只要動手去嘗試，只要實際去做，很快就會培養出屬於幸夫自己的打球風格，想必有一天，任何人都不得不承認，衣笠祥雄與衣笠幸夫是兩個不同的球員。而幸夫，或許便可掙脫名字的束縛獲得自由。

少年時代無法與衣笠選手邂逅的衣笠幸夫之所以選擇作家這個職業，說不定，就是為了拋棄這個姓名。他擁有「津村啟」這個筆名。作家津村啟自從出道以來，甚至在最親密的工作夥伴面前都沒有透露過自己的本名。

＊

知道津村啟本名的人之中，無論以前或現在，若要舉出始終以保持不變的距離繼續來往的，想必除了妻子別無他人。進入大學後，他們在同一個語文學的班上相識，但是下學期開學不久她就不見蹤影，據說已輟學中退，從此下落不明。那年她十九歲，考大學時重考二年的幸夫已經二十一歲。

三年後的初夏，已經大四的幸夫結束一場就業求職活動的公司面試後，回程途經美髮院，一時衝動進去剪頭髮。黑髮的年輕美髮師先帶他去洗頭，脖子上圍著罩衫時彼此才赫然認出對方。

衣笠君！她立刻喊出幸夫的姓氏，而幸夫，雖為這偶然的重逢驚喜歡呼，卻壓根想不起眼前的女孩究竟是誰，她的名字已從記憶消失，徒然令他心慌。

她說離開大學後，念了一年美容學校，也已取得執照。

「是妳自己決定的？」

「不然還有誰決定？」

放在仰臥的幸夫臉上的毛巾，忽地噴上她噗哧一笑的溫熱氣息。

「這是我一直憧憬的行業。我從小就非常喜歡弄別人的頭髮。我父親過世後暫時離開大學的那段時間，讓我終於下定決心。」

幸夫聽了，終於想起當初她不來上學的起因是父親病故。

「真好。妳已經找到工作了。」

「衣笠君不需要找甚麼工作吧。你不是要寫小說嗎？」

「啊？我跟妳說過？」

「你不是還給我看過嗎？看來你通通不記得了。連我的名字也忘了。」

「啊！等一下！」

「現在還不能坐起來。我要給你沖水。」

「不對，妳搞錯人了。總之，那不可能。」

「你安靜一點。我在店裡還是新人呢。」

「妳說的絕對不是我。因為我甚麼都還沒開始寫呢。」

「我就知道。」

提早步入社會的她，給人的感覺很成熟。被她這樣套話反將一軍的感覺並不討厭。最主要的是，她運用指腹的感覺超棒。無論是和過去任何美髮師的技術相比，或是和幸夫一起洗澡時替他洗頭的那些賢妻良母型女孩相比，被她碰觸的感覺之舒服簡直有天壤之別。僅此一次實在太可惜，於是幸夫在她的上司替他剪髮的同時突然提出要燙髮。

燙髮會給頭髮造成強烈的捲曲，令他對明天的求職活動閃過一絲不安，但是為了洗去燙髮劑第二次洗髮時，幸夫不僅沒有厭倦她指腹那種觸感，甚至舒服得幾乎連腦漿都融化。幸夫親身感受到從事一份自己深愛的工作意義何在。

但幸夫還是想不起她的名字。臨走時，他向一路送他到店門口的女孩躬身道歉詢問芳名，她嫣然一笑說，我叫夏子啦，田中夏子。但幸夫並未錯過她回答時眼眸閃過的些微失意。喂喂喂搞甚麼啊，原來她對我有那個意思？心窩搔癢的感覺令他冒起雞皮疙瘩，那一瞬間，衣笠幸夫陷入田中夏子的情網。

關於夏子流露的表情，其實只是幸夫自以為是地如此解釋，自己的名字被人忘記，有誰會高興。夏子是個驕傲的女人。上大學時，對於只因為外貌比較俊秀就被班上那些女人爭相捧著的衣笠幸夫，她認為保持距離冷眼旁觀方為上上策。至於幸夫想當小說家的消息，大概也是從他身邊那群仰慕者口中輾轉聽說的，但她問那個問題只不過是想看看，剛上大學時曾狂傲揚言的青年那種彷彿還冒著熱騰騰蒸氣的青春期夢想的延續，到了三年後的現在，如果再問這個身穿求職專用深藍色西裝已然汗濕的男人，不知他會作何表情。夏子輟學後偶爾還會和幾個友人聯絡，但是久別重逢時人人都露出被抽乾了血的頹喪表情。她開始覺得，大學這種場所，就是讓人在四年當中拋棄莽撞的野心，學會灰暗的達觀及現實主義。聽到衣笠幸夫回答「還沒有寫」，夏子既感到好笑也有點意外。因為他看起來明明是個比任何人都想盡快拋棄那種青澀的人。這傢伙的「還沒有」，會有「終於」來臨的一日嗎？抑或，他只是想永遠聲稱「還沒有」？

二十八歲那年夏天，幸夫向任職四年的出版社提出辭呈，毅然斬斷自己的退路。就職以來整整四年，他一直負責編輯週刊雜誌的美女畫報頁。他和同事們總是認真討論請哪個美女在怎樣的環境下，擺出甚麼樣的姿勢拍照會顯得更情色、意外、或是創新，四處尋找就算女孩子穿著透明走光的內衣或裸體也不會出問題的旅館或學校、遊樂園乃至國家指定重要文化景點，用公司的錢到處品嘗還算可以的美食、喝酒，只因為忘記帶陽傘就被上司當著女孩子的面破口大罵，後來又以同樣的理由以更難聽的字眼痛罵部下。他從剛進公司就希望擔任文藝編輯，卻始終沒有調動的跡象。入社第四年的某一天，結束拍攝工作後走進女孩子的化妝室收拾，榻榻米上遺落形似橘子網袋的紅色內褲。他撿起來，嗅聞氣味，是和橘子不同的味道，但幸夫只是猛然有股想吃橘子的衝動。他想，這可不妙。

之後沒過多久，幸夫去京都的寺廟拍攝女孩披著紅色日式長襯衣袒胸露乳的照片，回來後接到隸屬文藝雜誌的前輩來電，聲稱要招待幸夫打從中學時代就敬仰的某作家，邀幸夫一同出席。在有中庭的日本茶屋，幸夫敬愛的那位作家，針對二十幾年前獲得某文學獎時，某位對其小說並不欣賞的大牌小說家是如何「思想落伍且感性已遲鈍僵化，簡直是威權主義的頑石」滔滔不絕訴說了五十分鐘，同席的編輯們，在作家舉杯潤喉的些許空檔，就像熟練的合音天使紛紛插嘴跟著誹謗那位大牌小說家。罵完大牌小說家之後，作家又提起幾年前作品改編成電影上映時，飾演主角的女演員慫恿編劇和導演，擅自把「老子寫的台詞」的格助詞改得亂七八糟，而且還加入噁爛的人聲配樂，甚至議論起女演員的私生活及嚴重的口臭。幸夫始終端坐著默默聆聽，最後沒話題了，作家不知怎地居然主動問他：「聽說你負責美女畫報單元？」然後就抖出昔日「熱烈追求」自己的某波霸美女的性癖好，運用高尚的修辭不厭其煩地詳細說明此女的性器形狀，就在周圍的跟班們紛紛捧場地附和「是誰啊」、「我不能說」、「到底是哪個女明星」、「真的不能說」之際，幸夫慢條斯理站起來。雖然站起來了，但麻痺的雙腳不聽使喚，身體失控撞到紙拉門，但他還是拖著發麻的雙腳走出包廂，在面向中庭的走廊跪倒，對著眼下的池塘，把當天吃的喝的一股腦吐得乾乾淨淨。只見水面飄著深粉紅杜鵑花瓣的池底，頓時冒出或紅或白的大錦鯉，濕滑發亮的魚身密密麻麻擠成一團，頂開花瓣搶食幸夫的嘔吐物。他們噗、噗、噗地張開大嘴，爭先恐後地吞食。那是他中午吃的咖哩、抹茶霜淇淋、天婦羅、小菜、狼牙鱔生魚片、鯉魚味噌湯。

哈哈哈。喂，你們同類的肉好吃嗎？野蠻的畜生！

公司配給的手機在褲子口袋響起。螢幕顯示出邀請他參加這次聚會的前輩號碼。幸夫瞄準眼下正在忘我搶食嘔吐物的金色鯉魚，抄起不停叫囂的手機狠狠砸過去。去死吧。通通去死。但手機沒有砸中錦鯉，打到另一個方向的池邊石頭，就此撲通一聲沉入晦暗的水底。幸夫想，當初果然該學一下棒球。但不知怎地，他又想，要寫就趁現在。

那個「終於」，來臨了。

「我贊成。否則你還沒動筆恐怕就要先討厭作家這種人了。」

退路已斷，雖說如此，還有妻子衣笠夏子這個後盾。夏子打算將來自立門戶開設自己的美容院，因此一直在存錢，當下豪邁地表示，短短幾年的賭注小意思。夏子是唯一一個對於幸夫如未爆彈遭到埋沒的才華寄予期待的外人。幸夫覺得，選這個女人果然沒錯。比起任何波霸美女，乳頭略嫌分開的夏子貧瘠的胸部更好。聽說一般男女往往在婚前的戀愛階段就已燃盡熱情，但我們這段命中注定的深厚情緣絕對與常人不同。他想。彼此的理解與日俱增，越發互相尊敬，如同甕中水滿，愛情也日漸加深。幸夫當時如此以為。

❶ 紅帽軍團是球迷對東洋鯉魚隊的暱稱。

妻子

本以為可以用上一輩子，但好像已有哪裡不合適。是肩寬？身長？還是質料的觸感？直到今年初春，明明還不覺得有問題。如果這次穿著這樣的大衣去，好好的旅行都會毀了。當初那個信誓旦旦「唯獨這件，買下絕對不會錯」的百貨公司櫃姐，現在不知在哪做甚麼。女人就是這樣一輩子繼續行騙吧。

攬鏡自照時一旦萌生這種感覺，恐怕已經不可能再穿它了。或許沒有自己想得那麼嚴重？念頭一轉又試著穿上，但衣服內在的心情彷彿遺落在夜路上的石子變得僵硬冰冷，那種冰冷，不管怎麼努力都已無藥可救。可是，還是不想扔掉呢。即使已不會再穿。以前很喜歡這種皮毛的觸感。打從在店裡第一次觸摸時。不知這是甚麼毛，渾圓的毛尖每次觸及脖頸與臉頰就更加愛不釋手。到底像甚麼？是琴江養的霍普嗎？不——啊，原來如此。

只要摸摸琴江飼養的霍普，就會想起大友先生。因為貴賓狗捲曲柔軟的小捲毛，和大友先生的頭髮非常相似。雖然已不想再見大友先生，但琴江帶著霍普來店裡時，不知怎地總是想摸摸看。如果當初沒有遇見幸夫，大概已經和大友先生結婚了吧。如果和大友先生結婚了，不知該有多好。——想必也好不到哪去吧。好處就是能夠一直觸摸像霍普一樣摸起來很舒服的頭髮？太可笑了。

「我就是這世上最適合妳的人。絕不會錯，我倆是天作之合。」幸夫這種熱烈的求愛，在當時，我認為的確如他所言。同時，也感到異常空虛。我與大友先生一點也不契合，交往了二年半，他從來沒有對我講過那種話。但那不是大友先生的錯。從不輕易說出帶有不確定及希望性的預測，是大友先生的優點，也是我喜歡他的地方。他就像乾燥的沙漠，真實無偽。被太陽曬了就發熱，太陽下山後，只會變得寒冷如冰。沒有謊言，同時，也沒有絲毫溫柔。

「女人之所以溫柔，是因為說謊吧。」大友先生說。只能那樣看待事物的大友先生是個可悲的人，但我也認同他的說法。溫柔的成分，百分之九十都是謊言。幸夫是個騙子。那正是我愛上他的原因。他甚至沒有說謊的自覺，一切都不確定，完全沒有根據。當時看似真心，但事後回想，甚至都不好意思重提，全部都是謊言。就這個角度而言，他是天生的詐騙集團。他只能勝任詐騙行業。

某晚，幸夫和當天休假的我一起吃晚餐，看電視轉播拳擊賽直到第九回合，喳喳呼呼鬧了半天後，他把頭靠在我肩上，就這樣打算睡著。「你今天不是該交稿嗎？」我拍他屁股，他抱怨著「我是按照我的生理時鐘寫稿，被妳這樣囉嗦，本來能寫的東西也寫不出來了」云云，終究不甘願地回書房去了，之後每隔十五分鐘就出來喝可樂或叫我拿指甲刀給他，一會從廁所傳來他刷馬桶的聲音，一會逼問我上次給我聽的CD到哪去了，總之注意力完全不集中，我都懷疑他到底有沒有真的在桌前坐下過，結果二個半小時後他又回到客廳電視機前打開洋芋片看「塔摩利俱樂部」。

就寢前，他把寫好的草稿給我看。這篇短篇寫的是身為攝影師的主角「我」，與「我」少年時代曾用父親的相機拍攝過一次的女遊民在街頭重逢的故事，文章一氣呵成充滿緊湊的節奏與情節發展，每個端正的詞彙，沁人心脾般觸及感情的最底層。這真的是他一邊玩弄裂開的指甲皮屑一邊寫出來的？我任由滑落的淚水被圍在脖子邊的毛毯吸收，拚命憋住至少不要讓此人聽見我吸鼻子的聲音。幸夫在一旁傻呼呼地張著嘴看少年漫畫。

但那樣的情景，驀然回首也已是遙遠往昔。

後來，幸夫不再把他寫的文章逐一拿給我看。其實我並沒有嚴厲貶低他的作品。只是，身為比任何人更長期守在他身旁的讀者，我自有我的嚴格標準。當然我一直很支持他。儘管他的作品越來越多，年紀漸長，我還是希望他能夠不被眼尖的編輯及讀者挑毛病，做個始終風靡大眾的作家。正因如此，我會指出只有我能夠察覺的帶有炫耀意味的言詞、他愛用的老套文句、過度短視地投射他本人人格的想法。結果倒成了我總在挑他的毛病。明明也有許多只有我能夠察覺的優點，但我把那些優點視為理所當然，懶得把時間花在褒獎或慰勞他。我似乎認定，那樣做只會對他有害無益。我不是個好讀者。不，大概也不是個好家人吧。如今想來，強忍情緒不讓他聽見我吸鼻子的啜泣聲，到底是在死要甚麼面子。

但我不知不覺也開始認為，不需被迫常看他的作品更輕鬆。站在共同生活者的立場，作家寫的東西與他本人的實際狀態必然有落差，某些瞬間會令人無法容忍那種落差。連洗衣精放在哪裡搞不清楚，虧他好意思大言不慚地寫女人。每天睡到中午，偶爾出門，不管是從橫濱還是鎌倉，照樣坦然讓出版社付錢坐計程車回來的人，還有臉寫上班族的辛苦——。不僅如此。明知寫出來的東西不見得和作者本人的想法、志向、嗜好完全一致，還是會忍不住一視同仁。那傢伙，居然幹過這種事啊，原來他是這麼想的啊，他認識這種女人啊——。就算那是事實，對於擷取自己身上發生的事情當作素材，對外公開書寫並販售的鑾行，默默予以理解，始終保持寬容，本來才是「書寫者」的家人唯一的職責，可我漸漸做不到了。哪裡屬於「創作」，哪裡是從現實謄寫過來的，我開始拚命去尋找那條界線。不是怕被暴露隱私。毋寧是因為看不順眼他不敢徹底暴露就收手的膽怯保身之道，以及天真無知的自我肯定。世間一般讀者覺得「啊，寫得好」之處，我只覺得「啊，又在逃避」。主角伴隨故事的結束找到人格成長或重新出發的契機時，我不僅不覺得獲得救贖，反而覺得掃興。人類哪有那麼簡單。你成長了嗎？你找到甚麼新的突破口嗎？騙人騙人騙人！每一篇都是騙子寫的，從頭到尾滿紙謊言。不知不覺，我成了他的作品最大的敵人。

但另一方面，他越成功，我就對自己的工作越有自信。不，或許該說是對「擁有自信」越固執吧。周遭眾人都說，妳老公那麼活躍，妳的日子肯定過得很舒坦吧？但我和他不同。我和幸夫活在不同的次元。無論是他早年身無長物還窩在暖桌前使用文字處理機寫稿時，或是如今功成名就連電車內張貼的新書廣告都會出現他的大頭照後，我自己並無絲毫改變，這點，是我內心的憑恃。我還沒有輕率得以為只要緊巴著暴發戶，自己就也能變成暴發戶。別人的頭髮，剪了就會變短，燙了就會變捲。我只要動手，客人離開時必然會比來的時候更光鮮亮麗。管他下雨還是打雷，我照樣每天早上九點去店裡，和琴江、美樹與甲斐把店內每個角落擦得晶亮，靠自己的雙腿站到晚上十點。直到筋疲力盡為止。這就是勞動。這就是生活。我的工作，可不是唬人的詐騙業。

到頭來，我想我只是在嫉妒。對於幸夫的成功，想必我並非衷心替他高興。也不想想看你的成功是靠誰幫忙！這句卑鄙的話已衝到喉頭，又被我用力吞回去。

幸夫離開出版社後，有段時間寫了又寫還是沒有得到任何文學獎，頂多只能靠著貧瘠的人脈，替前途並不樂觀的地區生活情報誌或旅遊雜誌撰寫專欄。偶爾好不容易碰上賞識他的編輯，往往那人又立刻被調去業務部或是出版社破產倒閉，我甚至懷疑他運氣這麼差該不會是因為我命犯太歲，二人為此還特地去附近的神社拜拜。當時雖然前途朦朧瀰漫不安的濃霧，但每天都無可取代地閃閃發光。幸夫完全在我手中，他徹底依賴我，就像不用掛項圈也乖乖跟在身邊寸步不離的可愛小狗。我渾身哆嗦的亢奮感到我的生存意義。

不知幾時起，他的作品漸漸被人注目，連我都聽說過的大人物開始褒獎他，從此，事情發展得很快。幸夫的世界一下子拓展了，收入與交往的人數，也在一眨眼間超過了我的。幸夫對於撲面而來的浪潮毫不畏懼，不管三七二十一悍然迎擊。他比我想的更有骨氣，更靈活，更懂得如何抓住機會。我不再需要扛起家計，四年前開設了自己的美容院，也不再繃緊神經憂心將來。驀然四顧，只見幸夫周遭都是相信他的能力的人、想把前途賭在他身上的人、殫精竭慮照顧他的人，形成了一圈人牆。安心的同時，我也徹底迷失了我的生存意義。

＊

（請寫出蒟蒻的漢字。對，就是蒟蒻，這題很難喔。現在正抱頭苦思的，是文壇的強尼戴普，津村啟。他會寫嗎?噢，他開始動筆了，津村先生動筆了！時間還剩五秒！四，三，二，答對了嗎？）

噗————。

啊哈哈哈。答錯了。

我笑了。電視液晶螢幕中，幸夫摘下眼鏡，摀著臉趴倒在台上。雖然寫出了蒟蒻的「蒻」，但「蒟」字在艸字頭下方一片空白。同隊的其他藝人紛紛鼓勵他「沒事，沒事」。他抬起頭，看到解答後十分懊惱地歪頭，用指尖頻頻練習寫「蒻」這個字。我又笑了。就算不會寫蒻弱，那又怎樣。

時間已經過了八點半。深夜巴士十一點出發，所以我和小雪約好十點半在新宿車站會合。

高中畢業迄今，每年固定的雙人旅行雖因小雪再婚之後生產、育兒一度中斷，但是前年她的小女兒小燈二歲半後，我們就又開始旅行了。不過，或許是讓丈夫陽一在媽咪出遠門的夜晚負責帶小孩還太早，無論他怎麼哄怎麼嚇唬，小燈都不吃他那一套，最後他束手無策差點和小燈一起哭出來。因此去年我們只嘗試了伊豆一日遊，吃點烤海螺、泡泡溫泉，再去仙人掌公園拚死拚活快速繞了一圈走馬看花，結果晚上回到家，「媽咪不是要在外面過夜嗎？」小朋友居然反應冷淡。小孩果然厲害。即便速度緩慢，也必然會長大。

今年小雪拍胸脯保證絕對沒問題，於是我們決定來一趟久違的長途遠征去滑雪。我們最後一次去滑雪時，她的大兒子真平正好是小燈現在這個年紀。當時小雪在滑雪場扭到腳，記得我倆中途就一直窩在旅館無所事事。旅館正好有位韓國整型外科醫師，態度非常親切，小雪從此成了哈韓族。比起當時，如今我和小雪的身體想必已變得很僵硬。

據說她還被陽一恐嚇：這次小心腳斷掉。但說來不可思議，無災無難的旅行，往往也不會留下回憶。

我再次穿上綴有毛皮的大衣，站在鏡子前打量。這才想到，去年在伊豆的戀人岬和小雪合照時，就是穿著這件。前年去箱根時，在蘆之湖畔也是穿這件。說不定，上次的滑雪之旅也是穿這件。我還以為買來沒多久，然而過去遠比我意識到的飛得更快、更遠。飛去遙不可及的遠方。

上週，念美容學校時的老友傳訊息給我說，她收到大友先生的髮廊寄來的明信片。

「上面寫著『造型師大友辰彥因身體不適，決定離職』。

詳細情形我也不知道。

我不確定是否該通知妳，想想還是決定說一聲。」

胃彷彿被鈍重的力量緩緩捏碎。足以令他離職的身體不適，究竟是指甚麼狀況？是身體出了狀況，還是精神上的毛病？騙人。他才不是會出那種問題的人。然而，我所認識的大友先生，已是二十年前的人。對於現在的大友先生，我等於一無所知，自以為我的背叛迄今還影響大友先生心情的這種想法本身，就已是會被大友先生付之一笑的傲慢了。幾乎所有的異性都是，不管曾經有過怎樣的深交，終究是始於陌生人的關係，終於陌生人的關係。哪，大友先生。如果我去見你，你會變得比較健康嗎？不可能吧。我與大友先生之間曾有的，在那裡斷絕後，便已揮發殆盡，從世界消失了。曾經那麼迷戀，幾乎像肌膚一部分的人，無聲無息地在這世間某處逐漸老朽。只不過是二千平方公里的東京，然而，無論他在何處，我已完全無法感知。儘管知道他逐漸老朽，可我甚至沒有眼淚。也沒資格掉眼淚。過往種種，遺落於遙不可及的黑暗深淵，再也不是我這隻手能夠掬起。

何者為真，何者為假？只要未來得到保障，那就是真實嗎？幸夫與我之間擁有的，只要我們繼續在這個家共同生活，就永遠會是人人認可的真實，永遠固定在世間吧。真實，這種東西，往往空洞無意義。

這件大衣，等我旅行回來就扔掉吧。這麼一想，我再次將臉頰埋入領口柔軟的毛皮。

（請問這個漢字該怎麼念？是的，來到難題不斷的最後一關挑戰。究竟會是文人隊答對來個反敗為勝，還是就此意外的黯然敗退？第一棒是津村啟先生，準備好了嗎？）

幸夫，已到了我非走不可的時候了。

＊

（好，第一題就是超級難題。津村啟可以扳回剛才的失誤替自己雪恥嗎？）

衣笠幸夫一打開家門，就聽見自己的筆名被高亢的嗓音喊出。打開走廊前方的門，只見妻子身穿紅色羽絨衣坐在餐桌前。

「咦，妳也剛回來？」幸夫問，衣笠夏子緩緩轉身，對丈夫投以一瞥後，默默無語地又把頭轉回客廳電視中的那個津村啟。

「這是什麼啊。前不久才剛錄影，這麼快就播出啦？」

夏子依然背對幸夫，沒有回答。被家人盯著自己在聒噪的綜藝節目托腮苦思的模樣，畢竟有點難為情。幸夫覺得，臉上塗了厚厚的粉底雖然看起來比較年輕，但是鏡頭拉近特寫的時候，臉孔顯得異樣油亮，和鬆弛的頸部皮膚的落差格外明顯。以夏子的利眼，絕對已經發現了。

（啊，沒時間，沒時間了！要答題了嗎？提筆了。他提筆了！文壇的強尼戴普，津村啟，會寫出甚麼答案！）

叮咚叮咚——。

（『NUE』，答對了！津村啟展現實力，獲得五十分，幹得好！）

噗。夏子笑了。幸夫也跟著含笑自嘲：

「搞甚麼嘛。還強尼戴普咧。不知從哪想出來這種綽號。」

夏子沒有接腔。

（津村先生，請問『鵺』到底是甚麼東西？）（這是一種日本自古以來想像中的生物。就像所謂的龍或麒麟。我記得這種生物的身體混合了老虎、猴子以及各種動物的某一部分，就像惡靈一樣兇惡。橫溝正史的《惡靈島》這部電影，就有一句宣傳文案『鵺啼之夜最可怕』，你沒聽說過？太久遠了？）（鵺的叫聲到底是怎樣的呢？）（唔，誰知道，也許是呱——吧。）（哇哈哈哈哈！）（聽起來很像在唬人吧。）（啊？津村先生你再說一次，鵺是怎麼叫來著？）（呱——）（哇哈哈哈哈！）

「關掉吧。」

「為什麼？我正在看。」

「不用看了啦。無聊透頂。」
「誰說的。明明很有趣。」
「反正妳心裡八成在想炫耀關於鵺的常識有屁用。」
「我沒那麼想。我根本沒聽說過這種生物。」
「少來了。」
「我真的沒聽說過。倒是你，頭髮打算怎麼辦？」
「甚麼頭髮怎麼辦？」
「不是要剪嗎？你不是說後天要參加宴會，所以該剪頭髮了？」
「等一下。妳今天就要出門旅行？」
「如果你不急著剪就無所謂。」
「不，我要剪。」
「剪的人是我。重點是，這是你今早自己跟我約好的。」
「妳幾點出門？」
「再過半小時出發。」
「那怎麼來得及。」

「可以。」

「妳八成想隨便剪剪吧？」

「那你去找別人剪也沒關係。」

幸夫的髮旋歪得很厲害。除了已經和他那宛如閃電劃過的後腦勺打了二十幾年交道的夏子，恐怕無人能夠靈巧自如地處理幸夫的髮型。該在甚麼時間點燙髮，或是該運用那滑順的直髮，該以甚麼角度旁分，這一切她全都瞭如指掌，也全盤掌控。即便後來拍照或錄影的機會增多，唯有頭髮，幸夫還是交給夏子處理後才出門接受採訪。

但是渾身上下光溜溜只穿著一條內褲坐在鋪了滿地報紙的圓凳上，脖子被圍上店裡用的罩巾時，幸夫覺得自己好像成了被處刑的罪人。這種說不清的悖德感究竟是打哪冒出來的？不只是因為自己忘了今天和妻子約定的計畫。也不只是因為就在他毫無招架之力像個晴天娃娃，被妻子手持利剪抵在太陽穴旁時，放在桌邊的手機居然收到情人傳來的訊息嗡嗡震動。夏子的指腹不時碰觸頭皮，和二十幾年前一樣的溫暖，幾乎令他融化，但幸夫早已充分理解，那種溫暖與柔軟，與夏子實際的心情完全是兩回事。無論如何，她是值得敬仰的專業人員。即便在家裡，這點依然不變。究竟是從甚麼時候變成如此尷尬的關係？無論在哪方面，彼此說的話聽起來全然褪色，無論帶回甚麼樣的新鮮新聞，只會讓對方比聽到老掉牙的故事更覺得無聊。這究竟是為什麼？找不到任何一丁點家常對話的契機可以讓彼此的關心稍微持久一點。但就在三十分鐘前，坐在葡萄酒吧的吧台前，面對自稱是津村啟粉絲主動接近的陌生小情侶，幸夫明明還像剛挖出的油田一樣，話題滔滔不絕。

「傍晚有位有村先生打電話來。」

夏子慢條斯理開口。

「那是誰？」

「他自稱是你的小學同學。問你能不能去參加當地慈善團體主辦的活動。他說電話號碼是你媽給的。」

幸夫覺得很麻煩。對於毫無戒心隨便把電話號碼給人的母親固然惱火，但是對於明知幸夫對這種事避之唯恐不及還坦然把球踢給他的夏子也很不滿。

「那個人叫做有村……太一。他說只要講名字你就知道。你不認識？」

「不，我認識。」

「搞了半天你認識啊。」

「不過，畢業之後一次也沒見過。只不過是小時候一起玩鬧的關係，幾十年沒見過的人可以稱為『朋友』嗎？」

「可是對方顯然把你當朋友。」

「妳也是，不要每次一接起電話就自報姓氏好嗎！」

「為什麼？反正你有筆名，而且不是也有經紀人嗎？」

「不是那個問題。還有，編輯來家裡時，拜託不要喊我『幸夫』。」

「哈哈哈哈！」

「幹嘛。妳笑甚麼？」

「拜託，又不是在外面，是在家裡耶。難道要喊你津村先生或是啟哥？我嗎？那樣多見外啊。儼然像是大作家的妻子。」

「當作家的妻子不好？換言之，妳討厭那種當附屬品的感覺？」

「不是那樣。但普通一點不是更好嗎？否則任誰看了都會覺得很假。」

「也是，閣下大概很討厭謊言。」

「哎喲。你幹嘛這樣陰陽怪氣講話。」

「我哪有陰陽怪氣。這本來就是我的面子問題，所以妳覺得不關妳的事吧。」

「拜託，我想說的是，不會因為那點小事就讓你顏面掃地，就這麼簡單。」

「反正妳就是不甩我，對吧。」

「不是吧。我又沒有在你的得獎派對那種公開場合拿著麥克風那樣喊你。」

「算了，不提了。我不再帶那些人回家就沒事了。」

「慢著。你幹嘛非要這樣。」

動個不停的剪刀終於停下。夏子對著豎立在二人面前的鏡子，定定凝視丈夫的臉。幸夫也抬起頭，但他無法直視妻子射來的目光。

「用不著同情。反正我是個連自己都無法全盤接受的男人。」

「犯不著這樣說吧。我只是想表達，我很喜歡衣笠這個姓氏，幸夫也是個很棒的名字。結婚的時候不就說過了嗎。因為我的本姓田中是個平凡的姓氏——」

「不要再提當初的事了。」

「……也對。」

幸夫與夏子的對話不帶著無聊時。一切都是這樣展開、結束。無法打破的無藥可救沉默中，不久幸夫的頭髮就完美地打理好了。

剪好了？丈夫問。很完美喔，妻子回答。

此刻已即將九點半。

夏子把剪刀拿去收好，再次套上紅色羽絨外套，推著裝滿的行李箱，緊貼幸夫身後走過。報紙上的髮屑黑壓壓地圍繞幸夫的腳下，宛如結界，隔開他與妻子之間。

關閉的房門外，傳來妻子打開鞋櫃穿鞋的聲音。幸夫依然坐在圓凳上，茫然眺望客廳一直沒關的電視播出的廣告。猜謎節目已經播完了。記得是津村啟的隊伍贏了，但他錯過了那一瞬間。他朝剛才聽到訊息收信聲卻一直放著沒理會的手機伸出手。

夏子慢吞吞穿著鞋子直接走過拼木走廊的腳步聲咚、咚、咚地傳來。夏子穿上外套後如果又想起甚麼事，就算再三提醒她，她還是改不了這個不脫鞋就進屋的壞毛病。

幸夫握著手機的右手，靜靜縮進剪髮用的罩巾內。門開了，夏子從門縫只露出臉。

「不好意思。」

「幹嗎？」

「地上幫我收拾一下。」

「我本來就打算收拾。」

門關上，夏子的腳步聲遠去，響起走出玄關的聲音。
那就是衣笠幸夫與衣笠夏子，最後的訣別。

情人

小純，妳知道嗎？

昨天晚上，我睡在老師家喔。是半夜被他叫去的。我說去他家有點不妥，但他說難得那人不在家。

還能有誰，當然是他老婆。這種事還是頭一次呢。啊？頭一次？之前當然也和其他的編輯為了公事一起去過，去過好幾次。可是，過夜的話——嗯，這是頭一次。上次他老婆新年假期回娘家時，我差點也留在他家過夜，但我多多少少還是覺得待到天亮不太好，所以那次中途就走了。我覺得那樣不好啦。畢竟，我也不是完全沒受到良心的苛責。

我當然見過他老婆。長得很漂亮喔。對方八成也記得我。我們的關係好得很。他老婆是個很爽快給人感覺很舒服的人，我並不討厭她。就算面對面，也沒甚麼不自在。反倒是看著她毫不知情地面帶微笑對我熱情招呼，那才更讓我難受。會很尷尬。畢竟還是會同情她嘛。或許有人會罵我沒資格講這種話。但在老師默默無名的時代，她毫無怨言扛起家計養活老公將近十年，到頭來居然被我這種黃毛丫頭介入婚姻。太可悲了。我覺得老師肯定腦子有病。渣男就是指他這種人。如果我是他老婆肯定會宰了他。

唉，不過話說回來，假設我是老師的老婆，我想我絕對不會養他十年。就算老公沒有靠著寫小說揚名立萬，至少總比我整天辛苦工作熬到四十幾歲，結果偶爾出門一趟，老公就把小三帶回我的地盤要好得多。他老婆那種奉獻犧牲，根本是在自掘墳墓。

很久以前，我們編輯部招待老師去喝酒時，有個編輯部的新人問：「老師的太太是甚麼樣的人？」結果老師還沒開口，周遭的老鳥就紛紛起鬨說，是個大美女喔，非常能幹，是平易近人又賢慧的好太太……。可是那個入社不到一年的菜鳥也很會搶風頭，他堅持：「不不不，我想聽老師自己親口說。」

老師平時不管丟給他甚麼話題都饒舌得令人受不了，唯獨那時，卻只回了一句，

「這個嘛……我太太是了不起的人。」

就只有這麼一句話喔。

當時他臉上的表情，看起來可憐得要命。簡直令人不敢直視，眼神非常晦暗。

大家都喝了酒，所以其實怎麼回答都無所謂，況且「了不起的人」這種說法異樣可

笑，於是大家像潰堤般笑得東倒西歪，沒有任何人正眼去看老師到底是甚麼表情，但我不同。我感到老師那種彷彿刺進骨髓深處的惡意。他在侮辱他的妻子。透過冷漠地撂出「了不起的人」這簡單的一句話。

我知道老師一直很受傷。向老婆坦白那當然不可能，想必也一直無法對任何人啟齒吧。一個大男人讓女人養活十年的奇恥大辱，把他壓得抬不起頭，一直凝視地面，卻又無法向人求助，我想他肯定很痛苦吧。讓人養活又怎樣，妳肯定會這麼說，對吧？看吧，就是因為會被這麼說。每個人都是。所以當事人才會痛苦。雖然職業關係也鼓吹著讓他表現出「我不在乎這種事，我這種人不在乎」，但老師其實沒有傑出到對那種事泰然處之。很遺憾。是真的喔。他平凡得可悲。

我有時覺得人真的很死腦筋。就算寫出再怎麼好的故事，就算有幾千個讀者讚美「太感動了！」，對於那十年的恥辱，到頭來還是會用這種方式向他老婆報仇。對，替他的復仇當幫兇的，就是我沒錯。不，是元兇吧。話是這樣說沒錯啦。我自己也知道。

他老婆又不是為了羞辱他才養活他，他想必也不是刻意抱著復仇的心態，但那對他來說的確是恥辱，而在他老婆看來這分明就是復仇。我漸漸覺得，但願彼此都沒有發現這點就好了。因為一旦發現，就完蛋了。所以我已經強調過很多次了，我真的從來沒有想過要破壞他的家庭。

上午醒來，走出臥房，洗臉，打開客廳的電視，就在我開始化妝的時候。對呀。我還在老師家。很厚顏無恥吧。我知道。哎呀，反正妳先聽我說嘛。對，老師家的電話響了。臥房有沒有分機我不知道，但是電話一直響個不停，於是我朝臥房大聲喊老師。連喊了兩三次。老師這才搖搖晃晃起床，就在他要接電話時，電話就掛斷了。他老婆臨走的時候忘記打開電話答錄機了。聽說他平時不會自己接電話。他憤然嘖了一聲按下答錄機的啟動鍵，在我旁邊的沙發躺下，看著生活節目的料理單元之類的。藝人用高麗菜和芋頭之類的東西正在炒來炒去。據說他喜歡那個節目。他還說甚麼「對於書寫女人下廚的場景很有幫助」，說穿了，其實只是嘴饞罷了。老師寫的那種場景，有小孩的同事說，跟他兒子的視線一模一樣。揉製漢堡排的時候他會投以特別迷戀的熱烈視線，可是吃完飯洗盤子時他就不屑一顧，只想占盡好處。料理節目也一樣。要一一計算每種調味料的份量分別裝好，清洗蔬菜，整理用過的鍋子和爐子，收拾善後的時間遠遠更為龐大，可是節目不會播出那種鏡頭，想必也不會有哪個藝人收拾廚餘才離開。甚麼只要三分鐘的快速料理，實際上光是剝個洋蔥皮，一兩分鐘就這麼眨眼之間溜走了。所以我討厭烹飪。美食三兩下就吃完了，愉悅的時間只有一瞬。啊，不盡然？還有前戲與後戲？原來如此。小純，妳好成熟喔。

總之，我又不做菜。所以，我覺得從來不碰的東西看了也沒用，就問他可不可以轉台看新聞，拿起遙控器轉台。

他很不高興地說他正在看人家做料理，但別台正好開始播出新聞。

「節目開始就已再三為您報導過……」主播說著，開始報導某起意外事故。螢幕左上方，映出山路護欄毀損的照片。那是山形縣某某村的某某嶺，載著滑雪旅行團觀光客的遊覽車在下坡路的彎道轉彎時不慎釀成事故，目前已確認有四人送往醫院後不幸死亡，除了自行逃出遊覽車獲救的二十幾名乘客之外，還有數名乘客下落不明云云——

啊——啊——啊——。我與老師齊聲感嘆。

畫面切換到VTR，透過空拍的影像，可以看見陡峭的山坡面留下遊覽車翻落時壓倒樹木的痕跡，但是並未看到翻落的遊覽車。天氣看起來非常好，山崖下方的湖面也呈現彷彿混了牛奶的藍色，湖上點綴許多艘穿橘色衣服的救難隊人員搭乘的小艇，看起來異樣美麗。

事故研判發生在清晨六點半左右，現場氣溫為零下二度，縣道路面凍結，水庫的湖水溫度為三度左右。

看了一定會說些「天哪」、「太慘了」、「一定很冷」、「肯定會死吧」的感想吧。不是嗎？

老師窩在沙發上用他冰涼的雙腳裹住我的身體。我化妝才化到一半，尖聲嬌嗔抱怨。結果，這時電話又響了。因為已經開了答錄機，所以我倆都沒管電話，打算再大戰一場。我心想，電話如果是他老婆打來的，那正好。電話切換到答錄機後，如果從喇叭傳出她喊她老公的聲音那就太妙了。我不是說做愛。不是啦。只是，我想親身體會他老婆那種自己外出時，在自己的客廳，被小三這樣侵占地盤的窩囊感。如果能夠親身體會他老婆有多悲慘，那我或許也能稍微得到救贖。其實我也一樣悲慘。馬上都要三十歲了，卻一直無法和這種男人分開。真的是太傻了。

然而，電話並不是他老婆打來的。

是山形縣警局的人。對方說有事要請教，如果聽到留言麻煩回電。聽著那位歐吉桑幾乎讓擴音器扭曲的粗嗓門，老師的雙腿鬆開了我的身體。

妳能相信嗎？唯一的老婆，一年才出門旅行一次，結果老婆去哪裡，去做甚麼，老師全都一問三不知。真的蠢死了。

欸，小純。

不是因為那天我住在老師家，事情才變成這樣，對吧？不是因為我和老師對他老婆做了很過分的事，對吧？

但是。

說到這裡我忽然想起，我們因工作關係拜訪老師家時，他老婆都喊他「幸夫」。津村老師的本名叫做幸夫！衣笠幸夫！妳不覺得很扯嗎？他可不是鯉魚隊的球迷喔。妳絕對不能說出去喔。大家都不知道這件事。不過這個先撇開不談——

他老婆這麼喊他，我完全不以為意。我認為那很自然。即使有筆名，也沒必要在我們面前刻意喊他甚麼「老師」或「津村先生」。我覺得這樣很好。因為他老婆是個不矯情的人。不過，仔細想想，會喊津村老師「幸夫」的人，在這世上，現在恐怕沒幾個人了。編輯方面，八成不論關係有多深，到死都不可能有人這麼喊他。而我，想必也死都不會這樣喊他。說不定，就是因為這樣，他老婆才故意在我們面前喊他「幸夫」。不過這當然是現在我才這麼猜想啦。他老婆，該不會早就察覺他跟我有一腿？啊，小純妳也這麼想？這樣啊，果然，說得也是。

＊

大宮陽一無法抹去心頭的不安。

為了淡化那抹不安，昨晚他和孩子們三人玩電視遊樂器玩到十二點多。還去超商買了平日被禁止的啤酒，本來想著喝一罐就好，結果一喝就喝了一升半。打開第三罐時，十一歲的大宮真平問他那是甚麼味道，於是他讓孩子們也嘗了一口，這小子嚷著「好苦」小臉皺成一團，四歲的大宮燈卻噘起嘴說「好喝」。小孩子喝酒是違法的，所以本來應該去坐牢，不過爸爸幫你們瞞著警察，交換條件是你們也不能把爸爸喝啤酒的事告訴媽咪。被他這麼一說，二個小鬼嘻皮笑臉問他監牢是甚麼地方，他說，監牢這種地方沒有電玩也沒有零食。看不到媽咪也看不到爸爸。不能上學，也不能去幼稚園。裡面還有臉孔灰暗的戴帽子叔叔，每天早上六點半音樂一響，大家都得一起起床。脫下睡衣只剩一條內褲，用皺巴巴的毛巾摩擦身體，一邊喊著一二、一二——但在這個話題深入之前，兄妹倆已經窩在暖桌底下發出平穩的鼾聲。

好久沒喝真正的啤酒，沉重地積在腹內，陽一毫無睡意。早上在新潟醒來後沿著一般道路開了九個小時的大貨車，傍晚六點才卸完貨回來，可是身體最深處像麻痺似地明明覺得倦怠無力，不知怎地手心和腳底卻隱約冒汗，異樣激動。無論在任何時間任何環境，想睡時倒頭就能睡本來是他唯一的特長，難道和小孩留在家裡看家竟然會讓人如此不安？他按照妻子的吩咐給小燈穿上就寢時用的紙尿褲。給孩子刷完牙後，兩人都在啃魷魚乾，算了，那也是只限今晚的樂趣。每次媽咪不在家時都會破戒做些甚麼，不過二人也長大不少，我也長大了。已經不會出錯了。今年一定不會讓孩子窩在客廳的暖桌底下睡一整晚。

小燈還可以輕鬆抱起，但真平已變得很重。偏偏無論怎麼喊他搖晃他，他就像斷了線的木偶，比起幼小妹妹的熟睡程度毫不遜色。然而，陽一驀然閃過一抹不安，又把真平放回地毯躺平後，忍不住把耳朵貼在兒子平坦的胸脯上。撲通，撲通，撲通，強勁的壓力透過耳膜傳來，彷彿跟隨那個節奏，陽一的心頭騷動，似乎也漸漸隨之平息。結果父子倆就在暖桌底下相依相偎迎來朝陽。

從陽一駕駛的車子窗口遠眺，群山的山頂已戴上雪白的帽子。真平曾聽說，生於北海道的橘雪，在高中入學時因父親調職搬到千葉縣之前，本來是北海道前途看好的滑雪競技青少年選手。他記得自己看到母親穿著鮮綠色的滑雪衣，把金牌高舉到臉頰旁的少女時代照片，不禁萌生一種既耀眼又寂寞的心情。真平並非體弱多病的孩子，但打從記事起，對所有的運動都不擅長。小燈出生前，一家三口曾去滑雪場遊玩，結果他從雪橇板跌落，自斜坡一路滾下去成了雪球，從此他再也不想去滑雪場。因為自己害怕滑雪，母親只好和朋友一起去滑雪。

「真平，停。」

「啊？」

「現在別唱歌。拜託你別唱了。」

被陽一責怪，真平這才赫然一驚地噤口。母親說不定已經死了，自己卻無意識地哼起昨天整晚從電視斷續傳出的電玩待機畫面的旋律。

滴囉哩囉——哩——，哩囉哩囉——囉——，滴拉哩囉哩——哩拉哩囉——

但是同樣的旋律，也在做父親的腦海不斷縈繞。妻子死亡，明明是件難以承受的噩耗。

「我現在無法接聽電話，請在嗶聲後留言。」

「是我。我看到新聞，好像發生了意外事故，所以有點擔心妳。有空記得回電給我。」

滴囉哩囉——哩——，哩囉哩囉——囉——

「我是戶澤村溫泉飯店的經理，敝姓濱口。大宮先生，剛才我確認過了，在敝飯店登記住宿的客人之中，並沒有大宮雪女士的名字。對，是的，衣笠夏子女士好像也還沒有來辦理住宿。換言之，目前還——是的。我們接到的通知是本來好像應該搭乘那輛遊覽車抵達這裡——」

滴拉哩囉——哩——，哩拉哩囉——

「目前獲救者共有二十八人。這二十八人的姓名已經全部確認了，並沒有尊夫人的姓名。不，我是說在那份名單中。對，還沒有。目前還在繼續搜救。搜救行動正在進行當中。接下來要把遊覽車拖上來。」

滴囉哩囉——哩——，哩囉哩囉——囉——

「陽一，還沒聯絡上我妹妹嗎？我媽那邊，就算說了她也聽不懂，所以不用管她了。總之，我們今天找不到人可以照顧我媽，暫時還無法出發，所以麻煩你先去，然後，請你再跟我聯絡。其他的到時候再說。萬一真的出事了——」

滴拉哩囉——哩——，哩拉哩囉——

「我現在無法接聽電話。請在嗶聲後留言。留言完畢後，請按井字鍵。」

「小雪。是我。請打電話給我。我很擔心妳。我現在帶著真平和小燈過去找妳。如果車禍和妳無關，就趕快跟我說一聲。」

滴囉哩囉——哩——，哩囉哩囉——囉——，滴拉哩囉——哩——，哩拉哩囉——。嘟嘟嘟嘟，嘟嘟嘟嘟，嘟嘟嘟嘟，嘟——

在車禍現場，隔了一段時間發現的二名中年女性始終沒有查明身分。其中一人是上午九點左右從湖底找到，另一人是在下午一點半從水中拖出的車內找到。包括二名駕駛在內總計三十九人的旅行團，共有十一人死亡。其中一人是當時負責駕駛的司機，有四名死者被救出的同行乘客認出身分，另外還有六名死者，研判同行者也一併死亡，因此無人認屍，經過比對名冊與特徵後，正在確認身分中。一對是六十幾歲的夫婦，一對是十九歲的大學女生，唯一一對四十幾歲的女性，就是大宮雪和衣笠夏子。

下午二點左右，大宮陽一一家三口趕抵事故現場時，二人已被送往醫院。警員先把那名上午發現時呈現心肺停止狀態的女性照片給他看，「小夏！」大宮陽一失聲驚呼，雙手蒙面。這下子，幾乎已可確定在O市中央醫院確認死亡的該名女性就是「衣笠夏子」。

至於下午才剛找到的另一名中年女性，與趕往現場的陽一一家的車子正好錯過，被送往縣內其他醫院。一家人離開現場，於下午三點多抵達T醫科大附屬醫院，終於和大宮雪面對面。倖存者多數是趁著遊覽車滑落山坡減慢速度之際嘗試逃生，在車身完全入水之前逃出車子，死者們則是不及逃生便因撞擊力道過大導致昏厥或身體被夾住。大宮雪的死因是溺死，但醫生說車子墜崖時她的頭部似乎受到重擊。她的頭髮依然沾滿湖水濕淋淋，當陽一硬生生將她無力的上半身抱起來摟在懷裡時，他的袖子與前襟，也悄無聲息地被冰冷沾濕。

對警察而言，詢問驟失家人的人們向來是件苦差事。即使自以為已經慎選遣詞用字了，還是會意外戳中對方的痛處，惹得對方突然哭泣或是情緒失控拿警察出氣，訊問過程被迫一再中斷。其中，唯有死者衣笠夏子的丈夫衣笠幸夫的態度始終配合且鎮定，警察整天忙著調查這起發生在鄉下小鎮的重大事故，緊張與疲勞已經瀕臨極限，因此當然很歡迎這樣的死者家屬，同時卻也萌生一絲奇異之感。

接到警方通知自東京趕來的衣笠幸夫，於下午五點多在O市中央醫院的停屍間和妻子面對面。年輕的刑警和他做過身分確認後，他主動開口說出的第一句話是「是從湖底把她抱上來的？還是用繩子之類的工具把她拖上來的？」這個問題。

他身邊連個陪著一起趕來的家人都沒有，想必是悲劇發生得太突然令他不知如何表露情感，卻又忍不住想循線追問妻子死亡的相關訊息吧。如此解釋的年輕刑警，遂將目睹他的妻子遺體從湖底拉起的過程，鉅細靡遺卻又留意不添加多餘情緒地，詳細說給他聽。結果，在那樣的瞬間，他一邊不時插嘴說出「電影電視都很少見這種情形呢」這種感想，神情不變地似乎在專注傾聽刑警敘述。衣笠幸夫的容貌像明星一樣俊俏，不時用右手撫摸下巴緩緩點頭的姿態，比年輕的刑警更像老練的探員，卻幾乎看不出其他死者家屬流露的那種感情。刑警不得不感到奇怪，此人真的是與這名女性共同生活的枕邊人嗎？但他不經意一瞥，赫然發現男人的右手指尖硬生生拽住下巴的短鬚拔下，地板已悄然散落鬍渣。男人右手扶著的下巴右邊那塊皮膚，被頻頻拔鬚弄得只有那塊清晰泛紅。

之後，刑警的上司在另一個房間做筆錄時，衣笠幸夫面對警察的質問依舊不慌不忙，哪怕是問他妻子出發前的情況，他也沒有做出任何突破性的回答。

「有甚麼不尋常的樣子或是令人不安的狀況嗎？」

「該怎麼說呢，就我所見好像沒有——您所謂的不安，比方說是哪種狀況？」

「比方說，她有沒有提到旅行社的應對態度不適當或是有疏失之類的。」

「您是指『搭乘那種公司的巴士去旅行怪可怕的』那種話？」

「是的。她說過嗎？」

「沒有，我沒聽過。」

「比方說要從新宿出發前，或巴士出發後，她有沒有跟您聯絡呢？」

「您是指抱怨『司機的駕駛技術很嚇人』或『煞車的感覺怪怪的』這種？」

「有嗎？」

「沒有。」

「您也沒有採取主動？」

「跟她連絡嗎？沒有。」

「她平時都會跟您聯絡唯獨這次沒有？或者您每次都會和她聯絡？」

「不，雙方都沒有。除非真有甚麼特殊狀況。對我們而言，我想跟平時的相處狀態沒甚麼不同。」

刑警內心暗自恍然大悟，聽起來和自己與妻子的關係差不多嘛。就連從事這類工作，都已經很久沒把重心放在互相聯絡確認彼此平安無事了。這麼一想，這個到底有沒有表情都很難說的男人，他的心情好像多少可以理解幾分了。

當刑警告知與妻子同行的大宮雪也不幸死亡，幸夫的神情肅穆，答了一句：「那真是不幸」，但他與大宮雪本人，其實只有在當初與夏子結婚時見過一次，之後兩家人好像也不曾來往。

「大宮雪女士的丈夫很擔心您，怕您一個人可能會不知所措，您要見他嗎？」

「是的，我很感激大宮先生的好意，但今天，我的心情還沒有整理好。」

「說得也是。」

詢問大宮陽一時，記得他好像是親熱地直呼夏子的丈夫名字「幸夫」，根據幸夫表示，二人從來沒見過面，不僅如此，就連陽一是小雪的第二任丈夫他都不知情。

自己又如何？老婆那些姊妹淘的丈夫名字，我究竟能說出幾個——刑警頓時對失去妻子感到恐懼。年輕時，還會在妻子耳畔甜言蜜語，之後就再也沒出現過那種恐懼。然而今日的恐懼，和當時那種足以佐證愛情的幻想正好相反，是更為迫切、不請自來的恐懼咄咄逼近。失去深愛的人，和失去已經感覺不到愛意的人，二者悲傷的程度無法比較，但後者陷入的失意泥沼之深，也同樣無法衡量。

事故相關者的住宿手續已由旅行社出面辦妥。望著衣笠幸夫做完筆錄走向已備妥專車的停車場那個背影，刑警依然無法察知任何類似感情的感情。沒有悲傷，沒有絕望，甚至沒有疲憊，純純粹粹——想必連他自己都在困惑——似乎只是背負著一種無盡的無色透明。

我

早知道就穿和服了。果然。母親一邊探頭從百葉窗縫隙俯視門口的情形，一邊懊惱地嘀咕。

都是因為你一直囉嗦行李占地方，還說老年人用不著慎重其事，可你看看，那些人扛著那麼大的攝影機，還有拿麥克風的人。你看吧，他們都來了。越來越多人。喪主的母親居然穿這麼隨便的黑色洋裝，人家肯定覺得我是個惡婆婆。為什麼你就不能提醒我一聲可能會碰上這種情形呢。養兒子就是沒用。真是沒用啊。若是夏子在，一定早就注意到這點了。夏子。真的是，沒想到會發生這種事。母親說著，又拿乾燥的指腹代替手帕擦拭濡濕的眼角。

父親始終充耳不聞，只顧著緊盯等候室內那台電視上，反覆檢證事故原因、冬季道路的危險、遊覽車公司的實際工作狀態等等問題的電視節目。

（家屬們肯定心力交瘁吧。這次失去妻子的津村啟先生我也很熟，所以我很擔心，不知他要怎麼承受這種悲劇。要撫平死者家屬的心靈創痛非常困難，我認為那不是靠金錢賠償就能解決的問題。）

我曾在綜藝節目合作過的藝人噘起嘴如此評論，但我對他，並沒有像他說的那麼有交情。

「啊，這家正在搬運棺材。」

父親慢吞吞揚聲說。ＶＴＲ拍到死亡的二十歲大學女生喪禮，鏡頭映出看似同班同學的年輕人們哀傷地流淚垂首，白色棺木緩緩從中抬過的風景。

「果然是用廂型車搬運。」

夏子的遺體，於事故發生的翌日在當地火葬場火化後，骨灰被我帶回東京。火葬時，只有嫁到名古屋的小姨子到場。當天晚上打電話通知夏子的死訊時，她說父母都已不在，隔天早上就輾轉搭乘新幹線獨自趕來。因為是重大事故的死者，當地也全力協助，火葬的手續順暢得令人錯愕，我在見到妻子遺容的二十小時後就撿拾了她的白骨。我本來還很緊張，不知等到火葬爐的門打開，看見火化完的遺骨出現後，是否會出現自己也意想不到的激動情緒。然而，實際看到散落平台的骨灰，我忽然一陣茫然。那是我過去也曾數度見過的「人類的遺骨」，絲毫感覺不到夏子的影子。我甚至懷疑，幾個小時前被推入那扇門內的夏子身體，該不會在那裡面被誰連同棺木一起來個金蟬脫殼，和別人的殘骸掉包了吧。

小姨子體貼地想到鄭重用白色絲綢包裹的骨灰盒不方便就這麼帶上回程搭乘的新幹線，特地從她家帶來紫藍色包袱巾與黑色旅行箱，還有七歲兒子用的假面超人旅行袋。然而骨灰盒比想像中還大，包袱巾不夠大，無法將四角打結綁起，黑色旅行箱的口太小，也塞不進去。本來還有一個更大的旅行箱，偏偏我先生在這個節骨眼出差帶走了——小姨子很懊惱，反而是原先最沒抱著指望的小外甥那個旅行袋，就像專門訂做似的恰好可以容納。吞下骨灰盒的假面超人，面無表情地擺出變身的架勢。姊，對不起——小姨子說著，邊笑邊哭得無法站立。

回到東京，夏子的美容院員工絡繹來到家中，一看到白色骨灰盒頓時激動得泣不成聲。與夏子認識最久的美容院合夥人的那種哭法，不管怎麼看都像是對我的諷刺。

「本來也有葬儀社可以用廂型車運送遺體，不過遺體已傷痕累累，又沒有其他直系親屬，所以我和小姨子商量後，就在當地直接火化了。實在很對不起大家。」

「您千萬別這麼說，津村老師。是我們應該關上店門趕往山形才對。如果您當時知會一聲的話。」

「謝謝。但我想你們或許也有重要的客人要接待。夏子向來不管怎樣都堅持不肯隨便休息。」

「是啊，不過我們的客人本來就都是跟著夏子才上門的。」

不要隨便燒掉我們的夏子。比起你這種薄情寡義的家人，我們明明比你更珍惜夏子！充血紅腫的眼睛如此訴說著。

問題是，其實我也考慮過，是否該坐著廂型車陪伴夏子的遺體一起從山形縣跋涉漫長路途回來。但我不認為那樣對夏子有好處。只為了鎮日嘮叨世俗體面和輿論這些東西的人。只為了那個，就讓夏子被迫長途跋涉未免太可憐了。夏子總是能看穿我的想法。──免了吧？那樣毫無意義。我也不想做那種直到最後還被她這樣調侃的行為。

只有我母親跟她們一起沒完沒了地盡情哭泣。還和幾個連名字都不知道的年輕女孩抱在一起。父親依然充耳不聞，逕自拿起美容院員工帶來準備當夏子遺照的照片，一張一張打量。

最後選中作為遺照的照片，相當出色。右手握剪刀的夏子，摸著客人的頭髮，犀利的視線凝視鏡子。那是她幾年前接受美容專業雜誌的採訪時，由專業攝影師拍攝的，髮型和化妝都比平時更精緻，景深範圍極淺的鏡頭焦點準確鎖定在她清澈的雙眸與挺直的鼻樑上，簡直像是從電影擷取的某一幕。

母親激動地感嘆，真是太美了。

「一般人很難留下這樣的照片。」

「誰說一般了。這簡直像女明星的喪禮。」

父親不悅地撇下嘴角。

大批出版界人士爭先恐後前來幫忙，也有許多電視圈的人送來花圈或弔唁電報，守靈夜及喪禮都擠滿了我平日來往的各界人士。從山形縣回來的新幹線上就開始反覆推敲的喪主致詞講稿，等我在毫無參考書的幫助下總算講到結語時，會場到處響起真實無偽的啜泣聲。雖然他們幾乎都沒有直接接觸過夏子。我的講稿就是有那樣的威力。連我自己都被感染得講到一半就忍不住哽咽，媒體記者們彷彿專等這一刻似地立刻響起連綿的按快門聲音。

抱著骨灰坐上備妥的車子時，快門依然響個不停，其中也有記者直接把麥克風伸過來向我發問，但我們只是微微點頭致意便垂眼鑽過其間，直接離開葬儀場。當我從駛出的汽車後座驀然撇向後視鏡中自己的臉孔，只見早上自己吹整的瀏海怪異地分岔，像狗屎一樣垂在額前。我不禁低聲嘆息。

父母和小姨子都回到遠方的自宅後，剩下我一個人，當晚在家中首先忙著做的，是打開書房的電腦，上網仔細搜尋「作家津村啟之妻的喪禮」這條新聞。已有好幾家報紙出現相關報導，電視也有播出。

網路刊登的照片中，我露出和「神色沉痛的津村作家」這句標題很相稱的表情。許多人留下各式各樣的評論，但大多是哀悼這起不幸的正派論調，即便有人說酸話，頂多也只是「這下子綜藝節目也不好請他上節目了」這種程度，看不出有誰責怪我或是想爆料的樣子。甚至沒有人提到我的瀏海怪異。我反而疑心生暗鬼，忙著拚命輸入關鍵字搜尋，連眼睛都忘了眨。津村啟，事故；津村啟，妻子；津村啟，喪禮；津村啟，死者家屬；津村啟，可憐；津村啟，帥氣；津村啟，強尼戴普；津村啟，才華；津村啟，吃軟飯；津村啟，謊言；津村啟，外遇；津村啟，小三；津村啟，衣笠幸夫；津村啟⋯⋯。驀然抬頭，一直放在桌角的夏子遺照，彷彿堅決不肯與我對視，筆直地，仰望天花板。

本以為，靜謐會更刻骨銘心。

＊

然而實際上，衣笠幸夫的日常生活，忙著辦理事故後的各種手續及整理善後，一眨眼就這麼慌慌張張流逝了。雖然一切都是與衣笠夏子之死有關的事，但對幸夫而言，夏子似乎只是出門旅行，湊巧這趟晚歸了而已。

湖底搜索及遊覽車拆解工作又費了幾天時間才完全結束。之後家屬接到警察的通知，去領取警方找到的物品，但幸夫完全認不出那成排的旅行袋及衣物堆中，究竟哪個是夏子的。連臉都沒仔細看就送走妻子的那晚，記得背後曾響起妻子拖著行李箱走過拼木地板的聲音，但那到底是甚麼樣的行李箱已毫無印象。以前家裡有個鮮豔的藍綠色大型行李箱倒是記得很清楚。據說那是夏子念美容學校時買的，以前住在二房一廳公寓，壁櫥放不下那個行李箱，平時就放在三坪房間的角落，用來裝二人的藏書。有一次，二人用那個裝滿行李去沖繩旅行，途中滾輪故障，硬生生一扳竟徹底脫落，只好這樣勉強拖行，回家的同時立刻被扔了。那種事，也已是十幾年前的往事。後來夏子有過哪些行李箱，幸夫壓根不得而知。

想必這一區都是女人的用品，他被帶到幾個行李箱前，但就算將箱中物品逐一拿起檢視，也只是越看越糊塗。雖然共同生活了將近二十年，但無論是衣服或化妝品，當他們沒有伴隨夏子的肉體單獨的陳列出來時，他甚至無法斷言哪一件毛衣、一支口紅是妻子的。他覺得夏子沒有這麼花俏的東西，又覺得她應該會喜歡稍微帶點童趣創意的東西，她好像喜歡黑色，又好像喜歡白色，好像喜歡粉紅與橘色，又好像通通都不喜歡。就算根據年齡及平日言行判斷好不容易找到疑似她的行李箱，裡面卻又突然出現令人驚愕的意外物品，讓一切退回原點。凱蒂貓抱枕，貼滿男偶像明星貼紙的小鏡子。她應該早就戒菸了，卻出現一條High Light香菸。她應該不會用的舊電動牙刷。避孕用品。刮鬍刀。哈密瓜尺寸的巨大胸罩。每一樣都像是陌生人的用品，每一樣都似乎有可能屬於夏子。

東西通通都泡過水，就算帶回去送給別人，恐怕也沒人會感恩戴德。已經累壞的幸夫說：「不好意思，剩下的請你們通通丟掉沒關係。」只拿了唯一確認的遺物——裝有駕照的皮夾和裝了壞掉的手機的小皮包，就此離開警局。

打理作家津村啟演藝事業的岸本，建議他不如暫時停止電視及廣播工作。

「是嗎？如果我想，其實還是可以繼續。」

「算了吧。您又不是藝人，而且就算服喪期間還咬牙繼續上舞台，也沒有任何人會誇獎您敬業。現在還是不要勉強，安靜地專心從事主業，反而會讓社會大眾對您的觀感更好。對了老師，過一陣子演講之類的邀約應該會蜂擁而來吧？」

「演講？」

「現在還早啦。雖然還早，但畢竟有了這次的事情。」

「你是說演講自己的悲慘經歷？」

「演講您克服……的心路歷程。哎，這種東西，無論如何就是有人愛聽。」

人們真的需要「雖然遭遇不幸，卻堅強克服」的這種他人的故事嗎？作為幫助每個人克服難關的提神醒腦良藥？或者，是日子過得太安穩用來打發無聊的消遣？不管怎樣，若是讓幸夫杜撰的虛擬故事去扮演那種角色也就算了，叫他拿自己的人生當材料那可是這輩子想都沒想過。但衣笠幸夫的確是受害者。他想起就在喪禮結束的三周後，收到「受害者家屬自救會」第一次聚會的通知。據說是由不幸死亡的大學生之父發起，在事故發生後就立刻成立的，受害家屬們互相扶持和旅行社及遊覽車公司、政府部門溝通，追查出事原因並談判賠償事宜。這起事故被當作重大新聞報導，幸夫身為社會知名人士不可能不參加，但他無法坦然接受今後必須永遠冠上「受害者」這個頭銜。想到從此必須永遠貼著「遭遇不幸的人」這個標籤活下去，對自己寫作的敘述方式恐怕也會造成制約，他覺得那才是受害最慘重的部分。

一如只要有過安穩日常生活的人都會有的反應，幸夫對於重大災難的受害者也和一般人一樣感到痛心與同情，但他無法明確想像自己成為當事人。遭遇過重大喪失殘酷打擊的人們有點像是住在河對岸的居民，無法想像自己會越過那條河流去對岸。每次發生殘忍的殺人命案，看到以前從來不可能對他人產生殺意的柔弱家庭主婦，在電視攝影機鏡頭前用強烈的口吻說「我只求對兇手處以極刑」，幸夫總覺得好像看到巨大的喪失帶來某種激烈的動力，被那徹底壓倒，比起害怕受害本身，他感到成為受害者更可怕。遭遇某種不幸時，自己有可能因遠遠凌駕他們的強烈憎恨而發狂，或者也可能完全相反。如果沒有像他們一樣毫不猶豫地直接沉浸在憤怒與悲傷的情緒中，想到接下來會發生甚麼，那又是一種恐懼。

幸夫的憂慮，後者不幸言中。

R出版社的編輯福永千尋，在衣笠夏子喪禮結束的一周後，對於幸夫和之前毫無分別的態度受到極大的衝擊。

事故發生當晚，在衣笠家和幸夫偷情的福永，從此飽受沉重的罪惡感折磨，明知那不是抹去罪惡感的上策，卻還是忍不住一再去見身為「共犯」的幸夫。她不希望被視為趁著元配死亡伺機進攻搶地盤的小三，但夏子的喪禮上，她也以喪主的責任編輯身分若無其事地協助打理儀式的進行，態度肅穆地對著祭壇雙手合十，那在她的良心劃下道道傷痕，內心潛藏的悖德感已瀕臨爆炸。不過，當然也有點擔心猝然變成鰥夫的幸夫。福永在喪禮的一周後前往衣笠家。然後，明知那是對逝世的夫人更加不敬，還是再次與幸夫上了床。

雖然打從一開始登堂入室就知道免不了有這樣的發展，但福永對於肆無忌憚愛撫她身體的幸夫還是感到震驚，遂一改平日作風地推拒。一邊推拒卻又興奮起來的自己這種惡俗趣味也令她噁心想吐。同時還有一種此人能夠發洩無盡悲嘆的對象，除我以外再無他人的秘密滿足感。

然而一旦開始後，一切都令人錯愕地只是一如既往的床上運動。從幸夫努力挺腰的樣子，福永看不見她以為會有的那種人性化的悲傷或痛苦表情。毋寧像猴子。她小時候在動物園看過。當時父親用手遮住她的眼皮。但她從指縫之間窺見公猴。一邊任由身體被晃動，福永思忖。這個男人，不是在抱我。他沒有抱任何人。包括他的妻子。自從與幸夫發生關係以來，福永第一次落淚。

*

彎過轉角，視野豁然開闊的前方，一隻雪白的大角鹿鑽過護欄，小碎步走上車道。緩緩打向右邊的方向盤，不由自主切往左邊。想踩煞車，但那明明應該是煞車，遊覽車卻加速。路旁護欄就像紙張被撕破般脆弱得不堪一擊，遊覽車一眨眼向前栽倒，但不可思議的是，自己不慌不忙，依舊用力踩著像油門的煞車，轉頭向後一看，車內沒有任何乘客，空蕩蕩的。啊，要死的不是妻子，原來是自己啊。後視鏡中，映出從山崖上俯視幸夫的雪白大角鹿。

夢中的駕駛過程異常逼真。衣笠幸夫沒有駕照，然而醒來的瞬間，他覺得好像可以自由自在駕駛汽車。鼻腔深處，隱約有水果甜膩的腐臭。

遊覽車公司和旅行社都一再聲稱己方沒有足以誘發事故的明顯過失。沒有讓員工超時工作，遊覽車司機行駛雪道及凍結道路的經驗也很豐富，是擁有十五年資歷的資深模範駕駛，在取得充分休息的情況下，駕駛維修良好的遊覽車發生了這起事故。即便從行車紀錄器的數據解析，事故發生前也是因應現場環境的適當行車速度，無法稱為導致事故的危險駕駛，至於遊覽車沒有成功彎過轉角的關鍵因素，迄今尚未解明——

事發在深夜長途行駛後的黎明時分，平安獲救的所有乘客在車身劇烈撞擊前都已陷入沉睡。換言之，無法找到任何人能夠指證「事發瞬間」的狀況，只剩下「十名罹難者當中或許有人目擊」的這個兩難推論。再加上遊覽車司機自己也死了，家屬無法明確鎖定憤怒的矛頭該對準誰，說明會現場籠罩沉鬱的空氣。一邊抬高不時滑落的老花眼鏡，一邊訥訥說明的遊覽車公司社長，臉上也滲出累積的疲色，就在他捧著厚厚的事故調查報告書又翻了一頁時。會場後方突然響起一個尖銳如野獸咆哮的聲音，從報告書抬起頭的社長，霎時以驚人的敏捷躲到桌下，而背後白板與頭部等高之處，已炸開一團鮮黃色油漆般的痕跡。會場的沉默更加緊繃，眾人一齊轉頭向後看。

只見一個男人，手握一串綠葡萄。被擲出的葡萄，這次命中隱約可見社長頭頂的桌邊，黃綠色果肉濺向四方。女人的尖叫響起，社長像打地鼠遊戲的鼴鼠一樣縮起腦袋。有人大聲喝止，男人打算從自己面前的大型水果籃繼續拿水果的那隻手，被身旁一名矮小的老人抓住。衣笠家的客廳，同樣也有已經放置一周以上的水果籃。砸中白板噴濺的是已經熟透的芒果。和幸夫家打從兩三天前瀰漫的味道相同的甜膩惡臭，開始充斥室內。對於使出吃奶的力氣壓制自己的老人，男人並未抵抗，他只是任由自己看似強壯有力的粗臂被握住，朝著躲在桌下的社長劈哩啪啦不住怒吼。少廢話，還給我，把我老婆還給我！我他媽的才不在乎你們有沒有錯，只要告訴我怎樣才能讓我老婆回來！甚麼狗屁賠償金，送這種破水果籃來，這種破玩意，能夠讓甚麼回到從前！男人的聲音帶著嗚咽響徹室內。他咆哮的內容一再重複，一下子要求道歉，一下子說就算道歉了人也回不來，已經語無倫次支離破碎，但他憤怒的樣子顯然「逼真」，他的突兀舉動，讓起先被震住的受害者及死者家屬們也開始加入他已聲淚俱下無法繼續的咆哮，矮小的老人放鬆力氣，枯枝般的手指，勸慰似地撫摸男人的前臂。最後，男人任由鼻涕流下也不擦，像個孩子般大聲抽泣，周遭的死者家屬彷彿也被感染，紛紛開始用更巧妙的言詞陳述自己的情緒。男人遠比幸夫年輕，但是曬得黝黑的高聳顴骨，看似咀嚼力強大的下顎，令人聯想到昭和時代的面貌，有光澤的高領打底衫，一看就知道很少穿的雙排扣西裝，顯然不像是白領階級。幸夫看著男人的鼻涕朝地面滴溜溜如麥芽糖似的伸展，超過喉嚨，越過胸脯，最後末端悄無聲息安全降落在桌上水果籃中果皮已經開始皺縮的蘋果上。幸夫不禁臉孔扭曲。男人的樣子越逼真，幸夫就越感到他與自己內心世界的巨大隔閡，自己實在無法像其他死者家屬那樣與男人同仇敵愾地大吼大叫或是痛哭。水果籃與那條透明鼻涕保持相連，男人還想繼續嘶吼。

「雖然某部分變得有點情緒化，但那也是難免的，具有建設性的討論，如果不經過這種情緒化的過程就無法真正開始。昨天還共同生活的家人或朋友，今天卻突然消失，在場任何人都還無法平靜地接受這種事實。我當然也一樣。因為人類的運作機制本來就不是那麼容易接受那種事情。」

記者會後，「津村啟」被晚間新聞的記者叫住，站到攝影機前。

「總之，大家恨不得現在就揪出壞人，釐清責任歸屬。就手續而言，那或許是必要的，但是不該急躁，況且那恐怕也不是感情用事下能夠進行的作業。」

站在攝影機旁舉麥克風的記者，邊聽邊深深頷首。

「人人都想盡快逃離這場噩夢。但是，很遺憾的是恐怕誰也逃不了。逝去的人永遠回不來，除了尋找伴隨這個惡夢活下去的方法，我們別無選擇。這條路肯定充滿荊棘。所以我們和肇事公司方面，今後毋寧該同心協力，建立信賴，以便熬過今後的漫長道路——」

這時，他聽到有人喊自己的名字。

在電視攝影機前被喊出本名非常不妙。是剛才在說明會上打破凝滯空氣的那個粗嗓門。津村本該接著說的話頓時吞回肚裡，他保持直視攝影機鏡頭的姿勢，就此僵住了。

對方再次大喊自己的名字。態度親暱。笨蛋。住口。誰准你喊那個名字的。你是誰啊——起初不理解到底是誰在喊誰名字，毫不介意的採訪記者，這時也察覺津村的態度變化，朝旁邊瞥去，並且出聲制止：不好意思，我們正在攝影，請你先安靜一下——但是聲音的主人還沒聽完就主動大步闖入攝影機的鏡頭中，雙手像要包住呆立的津村啟雙手般牢牢握緊。

「幸夫。我終於見到你了。」

從那熱呼呼的厚實手掌心，微微散發甜蜜果實的氣味。衣笠幸夫，就這樣遇見了大宮陽一。

我

○三月十七日

髒衣服又從洗衣機和洗衣籃滿出來了，洗手間連落腳的地方都沒有。不甘不願地啟動洗衣機。只見塞滿洗衣槽的衣物浸泡在色澤如蛤蜊湯的汙水中，幾乎無法動彈。自己彷彿是正在冷眼旁觀通勤尖峰期搭乘電車人潮的神明。神明，對人類的幸福毫無興趣。

洗衣機脫水時，我的襯衫和長褲，與夏子的內褲和圍裙糾結在一起。之前應該已一度清空的洗衣槽，怎會又塞滿了這麼多衣服？這世上已經沒有人會穿的內褲。光是脫水晾乾也沒用。但是就這樣扔進垃圾桶似乎也不妥。還是改天再扔吧？這是改天再扔就好的問題嗎？無法決定，於是又扔回洗衣籃。湯姆布朗（Thom Browne）的襯衫上沾到的肉醬污漬完全沒洗掉。

○三月二十日

中午在新宿和岸本吃飯，一個年紀不到四十的矮小女人接近，忽然對我說，尊夫人的不幸請節哀順變。她的右眼珠靠內好像有斜視的毛病，所以一時之間我沒想到她是對我發話。我說聲謝謝後，她說去年她妹妹也驟然死了丈夫，因此她能體會我的心情有多麼痛苦。雖然她的語氣彬彬有禮，卻給人一種很苦悶的感覺，挺詭異的。當她開始大談「妹妹」、「那個妹夫」……這些和我八竿子打不著關係的人是如何邂逅又如何訣別時，岸本及時插入阻止。被岸本趕走之際，女人猶不忘說，老師的貴作品全部都曾拜讀。「作品」需要加上「貴」字？

○四月六日

J出版社的加藤邀我去賞花。在井之頭公園。人潮擁擠。負責編輯文庫本的伊藤小姐做的便當裡，有加了海苔的煎蛋捲非常美味。雖然大家舉止快活，但我看得出來他們都怕我難過。他們議論著東北某某處的櫻花值得一覽，作家某某人的院子種的垂櫻如何如何，一般人不知的秘密賞花景點在何處，賞完花去上野的某某餐館吃蕎麥麵也是一樂……交換這些不痛不癢的知識。知道這麼多好地方，還選了井之頭公園？

或許是覺得始終不碰那個話題也很不自然，加藤君提到了那起事故。隔壁的藍色塑膠布上，一群年近四十的男人正用卡拉OK大唱流行樂團「南方之星」的歌曲。賞花為什麼要唱「南方之星」？我只好拚命用不輸給隔壁模仿「南方之星」主唱桑田的大嗓門，努力敘述我對妻子死亡的想法。敬陪末座看似二十幾歲剛入社的菜鳥，一邊玩弄免洗筷的套子，一邊適時點頭附和，但這菜鳥絕對聽不見，也沒在聽。

酒過三巡，已經無人管我難不難過，開始八卦地聊起某出版部的某某人與某作家交往，分手後哪一方得了憂鬱症云云。至於在一場意外事故死了妻子的男人說些甚麼，其實誰也不想聽。我推拒第二攤的邀請，五點半左右，懇求即將打烊收攤的出租遊艇業者通融，獨自坐上天鵝船。像要割裂鋪滿水面的花瓣般划槳而過。

○四月十日

乘坐作家T的遊艇。

他說，「還是大海最好。無論任何時候，大海都是一劑良藥。」

海上風浪很強。海風冷得要死，T卻只穿著背心。是「藥方」管用？我大吐特吐。

○四月十四日

和S出版社的人去打高爾夫球。有一陣子沒打了，但今天始終手氣極佳。本來一直以六桿差保持領先，卻卡在十七洞的沙坑。以前也來過這個球場，所以我其實沒那麼焦急。我以為輕易便可打上果嶺，沒想到球又滾回來，停在分毫不差的位置。試了好幾次還是一樣。起初幾次，大家還在旁邊起鬨鬧我，等到超過五次後，全場變得鴉雀無聲。第十四次揮桿後，我終於暴怒，狠狠把球桿砸向沙坑。回家一看，球桿已彎曲變形。要記得買廁所的燈泡。四十五。

○四月十七日

天氣炎熱。據說氣溫二十六度。想換夏裝，翻遍衣櫃就是找不到一件。

午後去剪髮。和夏子店裡的人碰面會很尷尬，也不想被他們詢問近況，遲疑良久後，衝進G町的美髮沙龍。在洗頭的椅子一坐下，橘色香菇頭的女孩子問：「您今天休假不上班？」我含糊說：「唔。」她又問：「工作地點就在這附近？」我說：「唔。」她再問：「是您自己的公司？」我繼續「唔」。她問：「那您是社長？」我繼續「唔」。「啊——帥呆了！您是做哪一行的？」她問，我說，「拉皮條。」香菇頭就此沉默，像要掀起頭皮似地用力搓揉我的腦袋。

香菇頭的上司帥哥替我剪髮。他問我想怎麼剪？接著又連續追問要染嗎？要燙嗎？大概要剪多短？可我不知該怎麼說。總不能對陌生人挑明「我的目標是成為馬斯楚安尼那種老帥哥」，況且我想這個小帥哥八成也不知道馬斯楚安尼是何方神聖。但他說在電視上看過我。我說那就按照我在電視上的形象弄個髮型，他保證沒問題，還說我每次上電視的髮型都吹整得很帥。最後我的髮型是像胡錦濤一樣的三七分西裝頭。

○四月十九日

電話不斷的一天。傍晚正想出門吃飯時，電話響了。

電話答錄機傳來的聲音，自稱是我的大學同學安藤。聲音悅耳。安藤奈緒美。我想起她是個美女，當下不假思索接起電話。

夏子是我進大學後交到的第一個朋友耶。後來我倆還一起加入了網球社喔。安藤奈緒美說。然後，她萬分哀痛地述說夏子是多麼美好的女性，夏子的過世有多麼令人遺憾。但我記得守靈夜和喪禮都沒看到她露面。我問她在夏子大學中輟後是否還有繼續來往，她含糊籠統地說，和彼此共同的友人一起見過幾次面。

衣笠君，你還好嗎？安藤問。聲音性感嫵媚。

「衣笠君現在已經是大人物了，檯面上想必必須力持鎮定，但心裡還是很難受吧？」

「沒事。難過是難免的。況且我還沒有習慣一個人的生活。」

搞甚麼。我在期待甚麼啊。

「我很擔心你，衣笠君。」

安藤奈緒美。皮膚白皙透明幾可看見靜脈，身材纖細高挑，略顯分開的雙眼微帶憂鬱，就像畫家竹久夢二筆下的女人。

「妳有甚麼好擔心的。我沒事啦。」

「我是不是打擾到你了？突然打電話給你。」

「不會。我很高興聽見妳的聲音。令人很懷念。」

「衣笠君。好久沒見了，要不要碰個面？」

不會吧，不會吧。

「我看越快越好。這星期你有空嗎？」

不會吧！不會吧！

「妳可真性急。」

「對呀。不過，這也是為你著想，拜託啦。」

「為我著想？」

「我跟你說喔，其實我在電視上看到你出現在夏子的告別式，還有死者家屬會議，我當時就想，啊，這下子大事不妙。」

「甚麼意思？」

「你失去了光芒。」

「嗯？妳所謂的光芒是？」

「你知道嗎？人哪，其實是被光圈保護身體。你看，就像菩薩背後有一輪後光，西洋繪畫的聖人腦後不是也有光暈嗎？就類似那個，凡是健康的人或前途光明的人，一定會有那種光。可是夏子死後，衣笠君的光圈幾乎完全消失了。我不是要嚇唬你，但是該怎麼說呢，那是非常不好的現象喔。」

「等一下。為什麼妳看得見那個？」

「因為我接受過許多相關訓練。本來那種光芒不該是無形的。據說古代人無論是誰都看得見。但是文明發達後，人類的生活與思考不是日漸墮落了嗎？結果，幾乎所有的人都再也無法靠自己的力量看見了。我把你在雜誌上的照片給我的老師看過喔。我的老師也說，你這樣真的很不好，所以叫我立刻通知你，最好馬上來一趟。」

安藤奈緒美。我，非常，遺憾。

之後我耗費四十分鐘才勉強推掉她的邀請。本來，我很想問問她在大學畢業後過著甚麼樣的人生，結婚了沒，有沒有小孩，但我終究還是沒有深入探詢，就此掛上電話。安藤奈緒美說，非常遺憾，總之為了保護自己，建議你一大早朝西方舔天然鹽。嗯——。

電話講太久，害我失去出門的意願。不知怎地忽然很想吃壽司，我打電話叫了外送壽司。

叫了壽司剛放下電話，這次是夏子的叔叔打來。

是為了上個月夏子七七法會時談到的墳墓問題。他說如果我不介意，最好葬在千葉縣田中家的家墓。比起把夏子帶去我家鄉下無親無故的墓地或是勒緊褲腰花大錢在東京都內買墓地，還是葬在田中家可以眺望太平洋的墓地更好，所以我也贊成。我想起那片墓地，就在面海的崖邊草原上，開滿月見草。那樣很好。

「夏子的父母就葬在那裡，我們也很快會去相聚。墓裡馬上會變得很熱鬧。」夏子的叔叔笑著說。

那我呢？如果我死了會去哪裡？想必不會埋進田中家的墓。但我如果死皮賴臉懇求加入，或許另當別論。我想像在房總半島海風宜人的墓中，自己給田中家熱鬧的團圓宴潑了冷水。夏子原本天真快活的表情，看到額上綁著白色三角布硬擠進來的我這個新鬼，八成會變得面無表情。那多討厭啊。

話說回來，如果我死了，會被誰發現？

外送壽司的海膽味道怪異。夏子以前叫的，是另一家壽司店嗎？

〇四月二十二日

郵差按我的對講機。說樓下門廳的我家信箱已經塞滿了。我下樓開信箱檢視。廣告單、信件、贈書、郵購商品型錄等等像押壽司一樣擠得滿滿的，的確連一張廣告單插入的餘地都沒有了。記得小學時，權藤同學的桌子抽屜裡就是這樣。老師看不下去強行介入搜查，用力把他抽屜裡的課本一扯出來，霉斑點點的麵包以及已經快變成優酪乳的盒裝牛奶也跟著一起飛出來。引起哄堂大笑。其實我的抽屜裡也有發霉麵包。

寄給妻子的廣告信有十幾封。有投資信託也有百貨公司化妝品賣場，「Joram美容沙龍」、「皇家素食健康酵素」、「都留吉產地直送新鮮魚貨」……除非我一一通知對方「內人已經過世了」，否則今後想必會繼續收到這些廣告信函。

還有手機帳單。打開一看，有夏子手機的通話紀錄。最後一次撥打電話，是事故前一晚十點半過後。我想，八成是打給同行的大宮雪。我尋找我的號碼，進入二月之後，只打過二次。而且通話時間只有二十秒。還有一次是五秒。五秒能講甚麼？

「我還在開會。」

「是嗎。」

「我晚點打給妳。」

大概是這樣的內容吧。

夏子的手機，還在繼續收取基本費。我得去辦理解約。

○四月二十四日

雨天。上周還那麼熱，一下子卻變冷了。雖然不想穿還是穿上冬季大衣，去參加R出版社的聚會，結果對方建議我寫小說。不消說，是寫作家因突發事故失去妻子的那種私小說。

副主編桑名說，「就是現在才該寫。」那凝重的表情是甚麼意思。死的是你老婆嗎？反正鐵定是打算搧風點火後就往椅子一坐，挖著鼻屎坐享其成。這個幸災樂禍的臭蒼蠅佬！

「不然你來寫？我可以講給你聽。」我說，他果然神情惱火，直接嗆我：「那我就直說了，這三年來津村先生的作品主題完全感覺不到意欲。」他居然批評我「毫無溫度，死氣沉沉。」關你屁事啊！

只要用真實的親身經歷作為寫作主題，故事就會活過來？如果只能依賴那種東西，傳承古代神話歷史的人豈不是完蛋了。我想像自己利用妻子的不幸當題材連寫好幾本書，締造暢銷紀錄。在R出版社辦的慶功宴上，一邊拿著綁了蝴蝶結的麥克風致詞，一邊落下男兒淚的模樣。夏子，這都要歸功於妳，嗚嗚嗚嗚嗚。——那應該會是她覺得最可笑的事吧。

雖有主編大迫先生出面仲裁，但還是鬧得很難看。我固然有錯，桑名的酒品也相當糟糕。

福永千尋打從一開始就在座，我與桑名起衝突後，她以送我回家的名義與我一同搭乘計程車抵達我家公寓門前。明明她也脫不了關係，真不知她是抱著甚麼心態贊同桑名那種提案。

「當然，我知道自己也是當事人。」

「是嗎。虧妳能那樣忠實跟隨上司的方針。」

「因為那是我提議的。」

「哎喲，搞了半天是妳唆使的。」

「你要怎麼想都無所謂，倒是你自己，真的把自己當作當事人嗎？」

抵達公寓前，我先下車後她並沒有跟著下車，只是正眼也不瞧我的行以一禮，說聲辛苦了，就吩咐計程車司機關門。隔著車窗玻璃看見的福永側臉，彷彿陌生的老女人。是她瘦了嗎？下顎側邊彷彿被掏空似地凹陷，晦暗的影子鑲出堅硬的輪廓。

回到家，答錄機的紅燈在閃爍。

第一件留言，某某洗衣店。去年十一月送洗的衣物已過保管期限請盡速來店領取。按下按鍵。刪除。

第二件留言，某某證券。關於投資有新方案想向夫人介紹，改日再致電說明。按下按鍵。刪除。

第三件留言，M百貨公司內的H鐘錶店。本公司已數度通知，您於一月二十日送修的手錶修理完畢。按下按鍵。刪除。

第四件留言。我是大宮。陽一。小雪的老公啦。午安。啊，應該說晚安。我是翻小雪的聯絡簿打電話給你。沒有甚麼特別的事啦，我只是想，改天如果有機會再和你聊聊。等你有空時，如果願意打給我，我會很開心。幾點打來都沒問題。我的電話號碼上次碰面時已經寫給你了，但我還是再說一次好了。電話號碼是〇九〇……按下按鍵。刪除。留言全部播放完畢。

我在沙發躺平。椅墊倏然散發出類似我的體臭的氣味。從大馬路呼嘯而過的摩托車排氣管的聲音隨風高亢傳來。噗嗡噗噗，噗嗡噗噗，噗嗡噗噗，噗——嗯，噗噗——嗯，噗噗——嗯。吵死了。驕傲地競相放屁，一群白癡。但是摩托車遠去之後，世界再也沒有任何聲音。

大宮陽一。

留在答錄機的聲音，和死者家屬說明會當天聽到的那種彷彿憤怒投擲糞便的大猩猩般粗厚的吼叫聲截然不同，孱弱無助，帶有幾分僵硬。見我，他到底打算幹嗎？

那天大宮陽一從皺巴巴的長褲口袋，掏出一個連信封上的繩結都是印刷圖案的廉價白包遞給我。八成是來的路上在便利商店買了，就把皮夾的錢塞進裡面吧，白包上以油性原子筆寫著他的姓名，字跡意外俊逸，令我很驚訝。我鄭重道謝收下，後來委託岸本替我送了一份和給出席喪禮者完全一樣的回禮。……應該是。

白包中，有一張五千圓鈔票。記得回到家看了袋中內容，我就隨手扔在書房桌上了，後來，到哪去了？

＊

照亮沿海道路前方的只有大宮陽一的大卡車燈光，無論前方或後方，燈光照不到的地方是塗滿黑漆似的夜色。在燈光中飄飄狂舞的雪白物體，是四月雪。即便調高車內溫度，不知從哪潛入的冷空氣，還是讓一直踩油門與煞車的右腳膝蓋逐漸發麻。直到上周還很熱，因此一時大意忘記穿衛生褲。秋田市內的送貨地點只要早上抵達即可。先休息一下吧。發現通往內陸的旁線道路後，陽一將方向盤用力一轉，逃離海風。

抵達超商後，坐在內用區的角落一邊吃泡麵一邊打開手機，發現長子真平傳來的訊息。

「公寓管理員煮了咖哩叫我們去吃，所以我帶著小燈去了。」

小燈硬要吃醃蕎頭，
回到家一直嚷著嘴巴好臭好臭。
咖哩飯很好吃。
我把門窗都關好了。」

收到訊息的時間是晚間十點半。陽一有點躊躇，不知是否該回覆。看看超商後方懸掛的時鐘，已過了凌晨二點。以前也曾以為這小子應該已經睡著了，結果二點回覆他居然立刻又傳來訊息。陽一再次回覆叫他別熬夜趕快睡覺，臭小子回覆說是被吵醒的。這小子也變得睡眠很淺嗎？就在幾個月前，小雪明明還曾抱怨真平就算鬧鐘一直響也照樣呼呼大睡文風不動。

大約三周前，社區公寓樓上的那戶主人晚間十一點多喝醉回來，誤敲大宮家的門。那人一直按門鈴大聲呼喊，但鐵門始終沒開，結果那個人勃然大怒，最後甚至助跑一小段飛踢鐵門然後大吼大叫。兄妹倆本來趁著父親不在，正在看電視播出的海盜電影，當下嚇得渾身哆嗦，真平打電話給陽一時，旁邊還聽得見小燈抽搐似的哭嚎。聽見兒子嚇得僵硬的聲音說從門上貓眼看到一個沒見過的叔叔，陽一本來正沿國道四號線北上路段從福島往仙台行駛，當下冒著被開除的覺悟決定在下一個號誌掉頭迴轉。幸好隔壁鄰居家的兒子隨即察覺騷動出來，陽一不用打方向盤掉頭事態便已解決。後來樓上的先生帶著迪士尼電影的ＤＶＤ和點心盒來訪，偕同看起來很和氣的太太在門口鄭重道歉，雖然小燈開開心心吃起對方送的年輪蛋糕，但父親與兒子卻無法抹去下一次發生「某種意外」，不見得只是樓上先生發酒瘋的不安。

陽一驀然抬頭，眼前的玻璃帷幕上，兩個雪白的屁股像吸盤緊貼在上面。泡麵當下從嘴巴噴出，兩個拉起褲子的男人，在玻璃外面像小鬼頭般開始嬉鬧。是以前經常跑同一條路線的卡車司機。

陽一走到外面，二人嘴巴噴出的香菸煙霧，加上罐裝咖啡的蒸氣與白色吐息，冉冉升起白霧。

「好久不見了。」

「對呀。」

陽一的臉上，自然浮現一如往常的笑容。

「今天要去哪？」

「先到秋田再說。」

「噢，秋田！上星期，我去了果菜市場那條路上新開的小鋼珠店，結果投資兩萬賺了一萬七。然後，隔天這傢伙說要去，我就叫他信我一次，去同樣的機台試試手氣。」

「結果還真的中獎了。花四千賺四萬。你也去試試啦。就當信我一次。」

「我怎麼可能會去。肯定被騙。」

「幹嘛一開口就滅自己威風。你最近到底是怎麼了？好久沒看到你的人影。都是送你們縣內的貨？我還以為你不再跑這一帶了。」

「不是那樣。」

「咦，我記得你不是戒菸了？」

「唉——」

「而且是很早之前就戒了吧。這傢伙是愛家的好男人嘛。」

「我也是愛家才抽菸呀。因為大家都希望老爸在該死的時候趁早死掉。」

「說得也是。」

三人的笑聲，在超商後方聳立的山間高亢回響。

轉身背對含笑揮手的男人們，陽一一邊走向貨車，一邊從手裡拎的超商購物袋取出淡菸與打火機。胡亂撕開軟殼包裝的菸盒塑膠套，鑽進駕駛座，發動引擎，顫抖的手抽出香菸立刻點燃。深深吸進整個胸腔的香菸，滋味很糟。受不了。才吸了兩口就在菸灰缸摁熄，一把捏爛軟殼菸盒隨手扔到儀表板上。音箱傳出深夜廣播節目主持人尖銳的傻笑很刺耳，一關掉收音機，頓時抽泣不止。幾乎窒息。其實不想哭。為何會這樣，自己也無法理解。那兩個傢伙並沒有說甚麼難聽話。自己也沒有嫉妒他們並未遭逢家人不幸的悠哉。他們純粹只是豪爽的，陌生人。基本上自己又憑甚麼斷定他們的生活「並未遭逢不幸」呢？陽一甚至不知道兩人的姓名。

哭了一會終於恢復平靜後，這次是難以忍受的靜謐降臨。他忍不住又打開收音機，定型化的傻笑再次出現。這些人也有生活可言嗎？陽一試著想像。和女人分手，老婆提出離婚，小孩遭到霸凌，父母老年癡呆，朋友罹患憂鬱症，熟人自殺，手足同胞失去音信，同事對宗教狂熱，親戚上門借錢，遭到詐騙錢財，被壞人勒索，和舊情人重逢，老二翹不起來，胎兒流產——這些尋常可見卻難以啟齒的事態，他們或許也在生活中默默背負，每周碰面時卻在不碰觸禁忌話題的範圍內滔滔不絕敘述生活瑣事，為著同樣的話題，同樣發出快活的大笑？若真是如此，那和陽一一如失去小雪前照舊手握方向盤看著貨車時速表踩油門其實沒兩樣？

即便如此，從此，總會在某一瞬間忍不住想：自己如果繼續把油門踩不知會怎樣，或者，乾脆在高速公路上放開方向盤吧。

勉強沒有走到那一步，是因為還有自己心愛的孩子，真平與小燈在！

不是那樣的。

因為有他們在，所以害怕。所以更想把油門踩到底。

如果只剩自己一人，活下去根本是小事一樁。管他快樂或痛苦，管他發生車禍弄得半身不遂還是翹辮子，都不關任何人的事。無論陽一變成怎樣，會真心為此擔憂甚至無法繼續生活的人，早在很久以前，在他邂逅小雪之前就已經不在人間。然而，還有小傢伙們在。這麼一想，就會怕死。怕死，也就會怕活。沒有自信能夠繼續正常下去。陽一恨小雪。他恨小雪把一切推給自己，突然就這麼任性死去。該如何是好。該如何是好。我一個人，到底該如何是好。

這時，上衣口袋的手機震動。

時間是凌晨二點四十三分。他慌忙按下接聽鍵，對方是個男人，報上與螢幕來電顯示不同的名字。啥？陽一不禁反問。男人發出一聲淺淺嘆息，似乎很無奈地重新報上姓名。那是昔日廣島東洋鯉魚隊某位明星球員的姓名。

真平

說到麻布十番，我就會想起上次電視美食節目介紹的名店主廚做的俄羅斯燉牛肉（beef stroganoff）這道菜。那是把牛肉咕嘟咕嘟燉到爛的料理，我還沒吃過。我問我媽那是甚麼味道，她說，「就是紅燒牛肉燴飯的另一種說法啦。」在補習班跟我同班的松本說，他們學校的營養午餐就有這道菜。我問他是否真的跟紅燒牛肉燴飯一樣，和松本同校的梅垣回答，「嗯──比起紅燒牛肉燴飯好像奶味更重。」回到家，我一個人吃著延遲的晚餐一邊報告：「據說比紅燒牛肉燴飯有更重的奶味。」我媽很不高興，她說她比較想聽我說現在吃的東西。當天晚上的菜色，是鹽烤鯖魚、煮地瓜、炒蕪菁葉等等。我想不出任何感言。

「比方說開運動會，如果你們正在拚命表演體操時，媽咪卻用手機看棒球比賽實況轉播，那你會做何感想？」

「為什麼要看棒球？」
「不是棒球也行啦。要不然就假設是那個吧，那個內村航平。」
「體操很厲害的人？」
「對呀。那你會做何感想？」
「同一時間在比賽？」
「哎呀，假設是這樣啦。」
「那我想，他的表演可能更有意思吧。」
「你不會生氣？」
「不會。」
「不會懊惱嗎？你拚命練習，這麼努力想在大家面前好好表現一下，可是媽咪卻在看內村航平。」
「我又沒想在大家面前好好表現。況且這種大會操，我只是因為必須參加所以才表演。」
我媽低聲嘆氣，喃喃嘀咕：好像舉錯例子了。
「媽咪可是為了讓你們吃才煮這頓飯菜的。就算你們的體操不是為了媽咪表演。」

「我知道啦。」

「或許你會覺得我好像是略施小惠就跟你計較恩情。但那是事實。就比如說這條鯖魚吧，我是等你從補習班回來才烤的喔。不是用微波。」

「我知道。」

「啊。略施小惠這個成語，你會寫嗎？」

「小意思。」

「真的假的？」

我起身，從電話台取來麥克筆，在報紙的廣告欄寫上大大的「略施小惠」。我媽終於笑了。

我去洗自己用過的碗盤時，我媽拿手機搜尋俄羅斯燉牛肉，然後說，「好像放了酸奶油。」酸奶油這種東西，我也沒吃過。我對俄羅斯燉牛肉的興趣越來越強烈了。我媽說，改天咱們自己試試。但我媽還沒做俄羅斯燉牛肉就死了。

我們三人從家裡走到公車站牌，搭乘五點的公車去車站，然後改搭電車，在大江戶線麻布十番車站下車時，距離我們離家已經過了一個半小時。大樹的哥哥就讀麻布高中。真是太厲害了。他說最近的車站是廣尾，居然從國一就通車來這麼遠的地方上學。

我爸出了車站就拚命對著手機上的地圖奮鬥，但他還是迷路了。他振振有詞說「因為從來沒必要來這種地方」，但他明明是貨車司機，居然不會看地圖？已經過了跟餐廳訂位的六點半了。

總算抵達的餐廳，就在我們已經走過二次的路邊。招牌非常小，上面寫的文字是英文字母但我不認識。搭乘大江戶線時一路站著的小燈，已經不高興地撇嘴了。第三次在路上打轉時，一個穿著黑色與白色制服的大姊姊站在餐廳前面朝我們揮手。我爸還來不及結結巴巴詢問店名，人家已露出溫柔的笑容說，「是大宮先生吧。不好意思，我應該早點出來迎接你們。」然後帶我們進去。店內比想像中狹小，也沒有客人，光線非常昏暗，小燈說，「這裡是餐廳？」但是有一種我從來沒聞過的香味飄散，讓我開始期待又興奮。

靠裡面的桌子，可以看見一個叔叔正在和身上制服與大姊姊一樣的男人講話。那個叔叔我在電視上看過。這是我第一次親眼見到電視上的人，而且是小夏的丈夫，感覺一點也不真實。

「啊，來了來了。」那個人說著站起來，讓我爸和小燈坐在他正對面的鮮紅色皮革沙發。我只好坐在那個人旁邊。聽說他比我爸大很多歲，但是近距離看起來，他比電視上更瘦，穿的衣服也完全沒有歐吉桑的味道。

真平，被我爸這麼一喊，我在就座前連忙摘下帽子打招呼。小燈也說，「我叫大宮燈。長頸鹿班。四歲。」那個人笑了，問她為什麼是長頸鹿。「因為我長大了。」小燈回答。我還以為我爸會說甚麼，結果他只是嘿嘿陪笑甚麼都沒說，我只好負責講解：「類似幼稚園的中班啦。在托兒所分為松鼠和長頸鹿、大象。去年她還是松鼠班，從今年四月起升上長頸鹿班了。」

「噢？原來是這樣啊。我又學到一課。」那個人說，「那你呢？你幾年級？」他轉而問起我，我回答六年級，他想了一下，轉頭對站在旁邊的制服大哥哥笑著說，「螢火蟲之墓？」大哥哥也微笑點頭說，「是，可以理解。」我和我爸還有小燈都一頭霧水，沒有吭氣。

「沒有啦，我是看小哥哥很能幹。」

那個人這麼一說，我爸倒也不介意，也沒翻開大哥哥遞來的菜單就直接說「給我來個中杯生啤酒」。

「不好意思。我們沒有中型啤酒杯，是用比較大的玻璃杯裝啤酒。」

「噢。」

「推薦您喝亞爾薩斯地區的皮爾森啤酒，還是您想喝國產的draft beer？」

「蛤？」

我爸一臉呆滯地仰望大哥哥。

「我也喝啤酒。國產的就行了。真是的，店裡好歹也放幾個中型啤酒杯嘛。畢竟那可是日本老爸的最愛。對吧？」

那個人說著笑了，但就連我也知道，這間餐廳不是日本老爸會聚集消遣的地方。

雖然他叫我們想吃甚麼儘管叫，但菜單上都是文字沒有任何圖片，而且某某沙拉我只看得懂「沙拉」這個字，那個「某某」都是洋文我看不懂。我爸也完全沒有行動的意思。我只好鼓起勇氣試著詢問。

「有俄羅斯燉牛肉嗎？」

「俄羅斯燉牛肉？」

「──呃，不好意思……那是俄國料理吧。」

穿制服的大哥哥一臉抱歉地說。

「這裡是吃甚麼料理？」

「這裡是吃法國菜。法國的家常菜很好吃喔。不過高志，你去問一下主廚嘛。說不定人家會做。只要有材料。」

「好，我去問問。」

「不用問了啦小兄弟。真平你這小子，沒事耍甚麼任性！」

我爸突然插嘴。

「我才沒有耍任性。我只是問有沒有這道菜。」

「對。這哪叫耍任性啊，對吧？」

在那個人的眼神示意下，高志遁入後方。

「話說回來那到底是甚麼菜？」

「就是俄羅斯燉牛肉啊。你不知道？」

「真平小弟愛吃的東西很時尚喔。」

「葛格沒有吃過啦。」

「妳閉嘴。」

「原來你也沒吃過？」

「是你們說我想吃甚麼都可以叫。」

「沒關係，你說的沒錯。」

「那也不能來法國餐廳叫俄國菜呀。你知不知道這裡的廚師為了做法國菜辛苦努力了多少年。」

「你認識？」

「我怎麼可能認識。要是認識廚師，我還用得著迷路那麼老半天嗎？」

「沒關係。廚師甚麼都會做。無論是日本料理還是甚麼他都很厲害。」

這麼對話之際，高志已送來啤酒和果汁，他說，店內有材料，所以廚師同意試試看。

「有酸奶油嗎？」我問。

「小弟弟真內行。店內湊巧有酸奶油喔。」高志莞爾回答。

我們一起舉杯。只見我爸一口就乾掉三分之二的啤酒，馬上連喉結下方都變得通紅，開始大舌頭。一下子舉出那個人上過的電視節目，一下子說在雜誌看到那個人拍的酒類廣告，一下子說那個人寫的書在我家附近的伊藤洋貨堂量販店的書店堆了很多。一下子又說他告訴書店小姐他認識這個作者，書店小姐聽了大吃一驚。

這時那個人替我們叫的菜送來了，白盤子上放了五顏六色的料理，那位高志哥哥正想逐一說明菜色內容，我爸卻充耳不聞只顧著繼續說他自己的，所以那個人對中途停止說明站著不知所措的高志悄悄使眼色，替我爸又叫了一杯啤酒。好不容易能講的都講完了，這次我爸又開始對那人發動問題攻勢，不停問人家當面見到藝人是甚麼感覺，電視猜謎節目的答案是不是事先就知道，覺得哪個藝人最漂亮。即使喝完啤酒又繼續喝葡萄酒，那個人依然臉色如常，但我可以感到，我爸問的越多，那人就變得越沉默。我只是默默朝送來的料理開動，但多半是濃稠的泥狀物或晃來晃去的果凍狀，到底是肉是魚還是蔬菜，是酸是鹹還是甜，我也不大清楚。

至於小燈，看都沒看過的繽紛菜餚似乎令她很激動，握著叉子戳起盤子上的東西一一扔進嘴巴，突然在我們眼前把嘴巴張得好大，可以清楚看見被她整坨嚼爛的東西。「小燈，閉上嘴。」我警告她，但她一邊「啊啊——」一邊皺起臉搖頭，就這樣把嘴裡的東西連同口水吐到白盤子上。

妳幹嘛！我爸大喝，情急之下拿餐巾摀住她的嘴，小燈悶聲說，「這個，刺刺的。」然後抬眼瞪我爸。我朝隔壁一瞄，那個人笑著說，「這樣啊，看來有點不合妳的胃口。」隨即轉身舉起手示意換盤子，但高志正背對我們，忙著替不知不覺已坐滿店內的客人點單。那個人想喊別人，就那樣高高舉著手環視店內，他的眼珠子滴溜亂轉，在眼白中游移不定。臉上已經掛不住笑容了。我覺得他一定開始後悔今天請我們吃晚餐了。

也許是想掩蓋小燈幹的好事，我爸對著逐一送來的菜餚狼吞虎嚥，頻頻嚷著「讚讚讚」，高志強調是店內特地留的上等貨替我們開的紅酒，也被我爸像喝冰麥茶一樣咕嚕咕嚕一口乾杯，人家問他怎麼樣，他回答，「這個酸酸的，很好喝。」

這次輪到那個人對我爸提出種種問題。關於我爸的工作，景氣好壞，我們住的地區。氣氛很冷。我爸只會說無聊話，而且講的都是那個人絕對聽不懂的公司員工的名字及貨運業專用術語，不過最主要的是，我覺得他們彼此都在迴避提到關鍵字。無論是我媽的事或小夏的事，雙方都沒有提到半個字。

高志說要等一會才好的俄羅斯燉牛肉還沒送來，可是小燈不知是否因剛才的鬧劇感到沮喪，握著髒叉子的小手放在膝上，深深窩進鮮紅沙發的椅背。

「妳不吃了嗎？」

小燈沒回答，用另一隻手輪流揉雙眼。

店內的燈光，是那種混濁的昏暗橙色所以看不清楚，但我覺得她的臉色比起剛進餐廳時好像顯得暗淡發黑。

「小燈。」

我喊她，可她還是不看我。小小的胸脯起伏，正在很淺很細地呼吸。

「大宮燈！」這次我喊出她的全名，我爸和那人也察覺我這邊的動靜，發出「她吃撐了吧」、「大概是睏了」這種無厘頭的感想。不對！我起身離席走到小燈身旁，一把拉開她揉眼睛的那隻手。定睛一看，小燈的臉已經腫得像豬頭，擠成一線的瞇瞇眼仰望著我，張大嘴巴，痛苦地「嘎啊啊」吸氣。我不假思索把她黃色小洋裝的下襬掀到褲襪上方。

「哎呀呀呀。」

「你這小子搞甚麼！」

鮮紅的蕁麻疹，在小燈圓圓的肚皮上如世界地圖蔓延。

「糟了！」

我大叫。我爸目瞪口呆。

「——是過敏反應！」

頓時，我爸的臉色一僵。

「菜裡有蝦子或螃蟹。」

「她會食物過敏？」那人的臉色也頓時鐵青。

我爸猛然跳起，一把抱起小燈。

「真平，你，那個，那種藥，叫甚麼來著？」

「……爸爸，你沒帶嗎？」

小燈發作時，可以在大腿注射腎上腺素。我媽打從發現小燈會食物過敏，無論去哪都不忘在皮包裡隨身攜帶那種藥物。

趴在啞然的我爸肩上，小燈再次張大嘴巴，發出嘎啊啊的聲音。

叫救護車！那人大喊。高志說，如果去廣尾醫院或日本紅十字會醫療中心，要不了十分鐘。然後吩咐店裡的小夥子趕快跑到店門口攔計程車。

廚師也從後面出來，摘下白帽子。此人禿頭卻留鬍子，臉孔很像那種顛倒畫。

「前菜當中，有一道放了蟹黃的鹹派。」

「你怎麼不早說！明知有小孩子！」那人語帶顫抖。

這時高志間不容髮地插入，表明「是我沒有妥善說明菜色」，深深一鞠躬致歉。但他的腰還沒彎下去，肩膀就被我爸的大手扣住，硬是把他的身體扳直。

「小兄弟，不關你的事。是我忘記說了。」

我爸說著，放開高志的肩膀後，伸手摸索鬆垮的長褲屁股口袋，掏出四角都已磨破的皮夾。

「那個，這裡，該付多少錢……」

「不用了！」

年輕的大姊姊過來通知車子到了。

於是我爸轉身對我說，「真平，你在這兒等我。我待會回來。還是你要先回家？你一個人可以回去嗎？」我本想說可以，但我快哭出來了。因為我在想，在我看不到的地方，會不會連小燈也消失？

「——不，大宮先生。你放心。我送真平回去就好。我送他。」

背後傳來那個人的聲音。

我爸說，「幸夫，謝謝你。」然後像抱橄欖球一樣抱著小燈衝出餐廳。

剩下我和那個人，吃著終於做好送來的俄羅斯燉牛肉。奶味十足。的確。遺憾的是，除此之外，我幾乎吃不出任何味道。

「滿好吃的。」

「很好吃。」

我和那個人的盤子裡都剩下大半沒吃完。

過了一會我爸打電話來，說小燈的發作已平息，現在正在打點滴讓她休息。高志和店裡的大姊姊都眼泛淚光鬆了一口氣。

走出餐廳時，顛倒畫廚師先生特地用保鮮盒裝了我爸和小燈兩人份的俄羅斯燉牛肉送來。那個人對顛倒畫廚師小聲道歉說：剛才很抱歉。

我雖然努力表明我可以自己回家，但那人說，「或許吧，但就當是給我一個面子，拜託配合一下。」我倆一起上了計程車。

路邊攔到的計程車司機，在我們鑽上車時本來用有氣無力的聲音打招呼，可是一聽到我家的地址，「在埼玉縣？」他向我們確認。我回答他沒有錯，他頓時精神抖擻得判若兩人說「好的沒問題！」迅速出發。

這是我第一次坐計程車走首都高速公路。

我們全家去年夏末去千葉海邊一日遊時，回程就是走這條路。是我爸開車。當時，太陽還高掛空中。我倚著打瞌睡的小燈坐的兒童安全椅，熱切眺望窗外流逝的東京街景。強烈的夕陽反射，高聳的大樓不時閃現的銳光刺痛雙眼，被水母螫傷的手肘刺刺麻麻的，比眼睛更痛。我媽半乾的頭髮隱約散發洗髮精的香味。
夜晚的東京風景，就像發光的龍。披著紅黃兩色鱗片的巨龍和小龍，上上下下掀起龍捲風。計程車加速，照亮道路的車燈，燈火通明的建築物，都被吹向左右兩旁，永不復返。

「小燈經常那樣嗎？」

那個人忽然開口問我。

「沒有。」

我回答。

「這種情形，我也是第一次看到。」

小燈第一次發作時，我三年級。那天我媽休假，我在學校，我爸已經好幾天沒回家。在家的媽媽和小燈，中午吃了在附近便當店打工的阿姨送的蝦球，據說她才剛覺得小燈的皮膚怎麼猛然發紅，轉眼之間小燈已經呼吸困難。我媽是護理師，以前在大醫院工作時看過過敏性休克的病人，但那和目睹自己的孩子發生同樣狀況是兩回事。等待救護人員抵達之前，我媽說她以為自己「會瘋掉」。大概是真的很害怕，後來她把當時的情景以及小燈出現的症狀不厭其煩地反覆跟我講過很多遍。

還有一次，是前年秋天，我媽帶著我和小燈出門，在百貨公司頂樓吃自助餐，小燈忽然說喉嚨癢。我媽掀起小燈的襯衫一看肚子，已出現大片蕁麻疹。她立刻從皮包取出醫師給的攜帶用腎上腺素，毫不猶豫抓起針筒朝小燈的大腿外側戳下去。我當時完全嚇呆了，但過了一會蕁麻疹就消退了，小燈又變得活蹦亂跳。我媽也把注射方式教給我，還說媽咪不在時記得要這樣做喔。也叫我記住藥放在家裡哪個地方。

但是我完全搞錯了「媽咪不在時」的意思。我以為那是指她上班還沒回來時，去買菜或上美容院時，或者她不幸生病臥床時。還有等小燈再大一點，我們兄妹倆單獨出門在外時。那種時候，我認為我肯定能夠應付。可是我沒想到，現在，就是她說的那個時候。不對吧。根本不對嘛。因為她說的「媽咪不在時」，明明指的是她遲早會回來的時候。「消失」應該不叫做「不在」吧？媽咪那時候明明不是這麼說的。

「叔叔邀請你們吃飯時，應該先向你父親打聽清楚。因為叔叔家沒有小孩，所以疏忽了這點。」

那個人說著向我道歉，但我不知道該怎麼回答才好。

「因為我爸……他不太清楚做飯的事。」

「這樣啊。飯菜都是你媽媽做的？」

「對。」

「那你爸爸現在會做飯了？」

「會一點點了。」

「他都煮些甚麼？」

「炒飯，咖哩飯之類的。也會煮火鍋。」

「那他很厲害嘛。好吃嗎？」

「還算好吃啦。」

「和你媽媽煮的不一樣？」

「不一樣。」

那個人笑出聲。

「你媽媽都煮甚麼？她的拿手好菜是甚麼？」

「……可樂餅，煎餃。」

「噢，那種東西，的確沒辦法一下子學會。還有呢？」

「春捲。」

「啊，春捲，很好吃吧？」

「嗯。」

突然間，那個人靜默了。我還在絞盡腦汁思考接著要說我媽的哪一道拿手菜，所以當下錯愕地仰望身旁那張臉孔。結果他察覺我的注視後，「噢，我太太也很會做春捲。」那人說。

「我媽說，她們以前在學校家政課學過。」

「噢？」

「小夏……啊，衣笠先生的太太——」

「就喊她小夏沒關係。」

「……小夏是我媽的同學對吧？」

「噢，嗯。好像是。」

「她有放豆芽嗎？」

「豆芽？春捲裡面嗎？……有吧。不過加了韭菜很好吃喔。你媽也有放韭菜？」

「放了！」

……重點是這個嗎？我倆對視一眼。

本來覺得吃得很撐，嘴裡卻慢慢分泌口水。不過，已經吃不到那種包韭菜的春捲了。我也是。這個人也是。

「那個……」

「嗯。」

「『螢火蟲之墓』是甚麼意思？」

「怎麼，原來你一直惦記著？我那樣說，其實沒有別的意思喔。」

「別的意思是甚麼意思？」

「不，我是說不是因為你媽過世。只是看到你和小燈相差的年紀，讓我不自覺想起那個而已。」

「想起哪個？」

「……那個。你不知道《螢火蟲之墓》？」

「不知道。」

「也沒看過吉卜力的那部動畫？」

「沒有。」

「這樣啊。那是一本小說啦。講的是戰爭結束時一對小兄妹的故事。」

「很恐怖？」

「恐怖……嗯。也算是恐怖啦。不過，不是鬼片喔。」

「很深奧？」

「不是深奧的故事。不過，文體就很難說了。」

「是甚麼人寫的？」

「一位叫做野坂昭如的小說家。」

「比幸……比衣笠先生年紀還大？」

「大太多了！」

那個人噗哧一笑，然後他忽然問我：「慢著，你們在家都是怎麼稱呼我的？」我支吾其詞。

「我知道了。鐵定是跟著『小夏』那樣喊我吧？」

我點頭。

你不用說我也猜到了。幸夫說。

＊

一打開公寓玄關，眼前就是廚房。

放著紅色三輪車不到半張榻榻米大的脫鞋口堆滿父親和兩個孩子的鞋子，名符其實無處落腳，為了擠出再放一雙成年男人鞋子的縫隙，兩人不得蹲下身子收拾滿地亂扔的鞋子。塞滿鞋櫃的各色鞋子中也有成年女人的鞋子。如果拿出幾雙女鞋應該就有空間放孩子們的鞋子了，但衣笠幸夫感到那絕不容許碰觸。

計程車下了高速公路時大宮陽一再次來電，他說現在要帶小燈搭乘電車回家，懇求幸夫在他家稍微等一下。難得四人相聚，他說實在無法忍受就這樣散會。幸夫猶豫不決，但是大老遠把真平送到家，如果把小朋友一個人扔在空無一人的家裡就逕自走人好像也不妥。最後他對孩子的父親說，如果不打擾的話——。小朋友立刻在幸夫身旁用力點頭。這樣突然闖入陌生人的家庭，是幸夫前所未有的體驗。

四人座的餐桌上，亂七八糟堆放著水電瓦斯費帳單和學校及托兒所發給家長的通知單、買來囤積的速食食品及洗潔精等等。廚房與後面客廳之間的門框上方掛了一排衣架，上面掛的衣服全都帶著洗完沒拉平的皺褶，毫無規則性地掛在一起，那種被衣服重量壓得衣架橫軸彎曲變形的樣子，幸夫覺得簡直像在看自己家現在的德性。

屋內並沒有髒得發出異味，但明顯有種失去女人打理的凌亂。不過撥開成排晾掛的衣服走進後方的三坪房間後，只見矮櫃上放著嶄新的小小白木佛壇，繪有老鼠圖案的珍珠粉色相框中的「小雪」，正在恣意大笑。依偎在她身旁的兒童用馬克杯中，插了三枝隱約散發青澀草香的白花三葉草。幸夫想到被扔在自己書房桌角上依然孤寂仰望天花板的夏子遺照，不禁心頭一痛。

「家裡很亂，不好意思。」

大宮真平一邊伸長身子摘下門框上的衣架，一邊尷尬地說，從合十的雙掌抬起額頭的衣笠幸夫，扭頭朝他一笑。

「比我家好多了。凌亂也正代表有生命力。」

都已經快五月了，客廳還放著暖桌。但是初次造訪別人家，比起抬頭挺胸端坐在沙發與茶几前，還是掀起暖桌的罩被把兩腳伸進去弓背坐著，似乎更能自然而然地縮短與家中主人的距離。時間已過了晚間十一點半，但真平站在廚房打開電熱水壺，正在櫃子前面窸窸窣窣找東西。幸夫叫他不用客氣，然而真平只是簡短回答「不會」，依舊像是理所當然該盡義務般走動，可他的動作不管怎麼看都很生疏。母親在世時，他八成從來沒有替客人泡過茶。大概連茶葉放在哪裡都不知道，只見他已經開始蹲身屈膝翻找流理檯下的櫥櫃了。幸夫在旁看得乾著急又不好意思潑冷水，於是垂眼望向真平放在暖桌上攤開的課本。

【第三題】

將圖一擺錘的擺長每次改變一〇公分，測量擺錘來回晃動一次的時間，得出表三的結果。如果擺長為八〇公分時，將擺錘拉開，會通過幾次最低點？請回答整數。

「哇塞！」

幸夫不由驚呼。

他順手又翻開堆疊的其他課本，其中有分解三角錐的圖形、形狀宛如老式跳棋棋盤的幾何圖形、A君與B君從X地點用了幾分鐘抵達Y地點、中心角一五〇度的扇形面積如何計算……這些文字以可怕的密度填滿頁面。對數理科一竅不通的幸夫光是這樣看著已頭暈目眩。合起課本一看，封底以很符合小六生那種雖然認真但並不工整的字跡，用簽字筆寫著「大宮真平」這個名字。遠遠比不上他爸爸寫在白包上意外俊逸的那筆好字。

這時幸夫的眼前，二個沒有附帶托杯小碟的紅茶杯，顫巍巍地被一個過大的托盤端過來。

杯子裡分別浸泡了一個茶包，但裡面的開水幾乎完全沒有顏色。幸夫說，再等一會讓茶泡開吧，順勢鬆開暖桌下的雙腿，真平急忙傾身向前，把堆在幸夫面前的本子整疊收起。

「真平，這是你的課本嗎？六年級學的內容未免也太難了吧。」

「不是課本。」

「那是甚麼？是補習班之類的——」

「是補習班的講義。」

「你在補習啊？要報考甚麼中學嗎？」

真平聽了，欲言又止。

幸夫判斷真平的成績八成不太理想，於是毫不負責地鼓勵他：怕甚麼，好好努力不就行了，甚麼事都要試著挑戰，Let's try！但真平一邊把整疊參考書塞進尼龍書包，一邊說，「我打算不去補習了。」視線就此定定沉落在色澤淺淡的紅茶杯底。

「這樣啊。不過其實也不用太拼啦。我長大之後，從來沒有人叫我算出圓錐體積。嘿嘿！」幸夫故意耍寶，但真平只在一瞬間抬起視線，冷然睨視眼前的幸夫。

啊，雖然看起來普通，但小孩的眼眸真的很清澈。

幸夫覺得彷彿被細如針尖的箭矢射中內心要害。真平的表情雖沉鬱，卻有種乾淨沉靜的空氣向內輸送，讓心情變得輕鬆。

幸夫再次調整盤坐的雙腿，稍微向前傾身。

這時，不知從哪隱約傳來油蟬鳴叫似的聲音，接著，叮，叮，叮滴囉，叮叮——悠揚的音樂盒音色響徹室內。幸夫起先以為是真平的手機，但是抬頭朝門框上方一看，掛在牆上的音樂鐘數字盤開啟，出現一群小人偶，一邊宣告十二點的來臨一邊僵硬舞動手腳。

幸夫深深感到，這樣的一切，自家都沒有。

對於生活中沒有小孩的大人而言，這是有點難為情又嗆人的甜蜜氣息。這個家庭的生活一切皆由孩子們刻劃時間，以母親為中心點。還有偶爾出現的父親。宛如正確的時鐘，所有的齒輪完美嵌合，如今雖以肉眼看不見的進度每天繼續前進，最關鍵的軸心卻脫落了。

幸夫似乎終於發現真平不得不宣稱要離開補習班的理由。

幸夫低頭審視茶杯中的狀況。還是一樣，色澤比南方的啤酒還稀薄。

「會不會是開水不夠熱？」

「……已經沸騰了。」

真平開口。

「水的沸點是？」

「一百度。」

「果然厲害。」

「這一點也不厲害。」

小傢伙總算笑了。

二人端起紅茶杯湊到嘴邊決定就這麼喝了，但一股類似藥草的清涼感倏然鑽入鼻腔。捻起茶包的紙標籤仔細一看，上面印刷著「SLIM HERB DETOX」。幸夫唸出聲音，說，這八成是你媽媽的——真平接口說：「啊，是瘦身茶。」

「喝了會瘦嗎？」

「她沒變瘦。」

「瘦身茶」喝起來絕對夠熱。

起初二人一邊吹涼一邊喝，但有一搭沒一搭地閒聊之際，不知不覺感到寒意，定睛一看，真平的眼皮已經沉重地覆蓋雙眸。幸夫叫他該去睡覺了，真平當下聽話的就地躺下，整個人鑽進暖桌下只露出腦袋，就這麼閉上眼。幸夫說這樣睡會感冒叫他去床上蓋被子睡，但半夢半醒的真平大概以為是父親在說話，一臉不耐煩地嗯嗯敷衍，就這樣開始發出鼾聲。幸夫陷入不可思議的心情。活了四十幾年，這還是第一次命令、催促別人的小孩。望著張嘴酣睡的真平，他有點不知所措，一口喝乾杯底金黃色的茶水時，喀擦喀擦，玄關鐵門的鑰匙孔發出堅硬的聲音。

＊

背著大宮燈的父親，嗓音宏亮地自玄關門口喊道：「真是不好意思！」衣笠幸夫立刻豎起食指抵在嘴前，噓聲叫他安靜。

之前好不容易整理好玄關，大宮陽一卻把球鞋脫下胡亂一甩就大步走進來，朝睡在暖桌下的兒子投以一瞥，壓根不打算降低音量。

「唉，真是麻煩你了。我本來以為可以早點回來。」

幸夫只是搖手示意沒關係，但是小燈平安無事讓徹底復活的陽一關不上話匣子。

「我平時很少搭電車，所以在車站迷路了。不過東京的末班電車果然很誇張。車掌用肩膀硬是把美眉的身體頂進車廂，好不容易終於關上車門，結果立刻又有人不知在哪被夾住，車門再次打開，有人看了又想擠進車廂。好不容易哄好這小傢伙，結果她被夾在歐吉桑的屁股和屁股之間，又開始嘮嘮叨叨抱怨。然後周遭的人都擺出冷臉給我看，好像在譴責我這麼晚了還帶著小朋友到處亂跑。我真想說這是誤會——」

我知道，我知道——即使幸夫比手畫腳來回指著躺在幸夫身旁的真平和陽一背上的小燈，陽一還是笑著說，「沒關係啦，這點小動靜。」

的確如父親所言，二個小孩文風不動依舊睡得很沉，真平在地毯上，小燈趴在父親肩上，分別流下一攤濃稠的口水印。

然而，陽一忽然閉嘴，背著小燈就這麼彎下腰，再次仔細凝視兒子的睡臉。

「不過他真的睡得很熟。」

說著，宛如焦糖色棒球手套的大手手背，倏然撫過真平光滑的臉頰。陽一噤聲後，屋內能聽見的，唯有二個孩子深沉的鼾聲。

陽一再三勸幸夫留下過夜，但幸夫客氣地推辭，只是拜託陽一帶他走到能夠攔計程車的大馬路。

大宮家所在的社區，位於昭和後期開發的新城區邊緣。這個時間連最後一班公車也沒了，亮著清冷慘白路燈的人行道上不見人影，幾棟建築物的數百扇窗戶中，還亮著燈的已寥寥可數。

走了大約十分鐘來到大馬路，但似乎不易攔到空車。陽一催促他繼續往前走到不遠處的國道交叉口，邁步走出的幸夫，鼓起勇氣詢問真平升學的打算。陽一沉默片刻，反問幸夫，那小子是怎麼說的。

「他認為停止補習是不可避免的。他說因為不可能每星期有好幾個晚上把小燈獨自留在家中。」

「嗯。沒錯，就這麼回事。是我跟他說，情況特殊，請他體諒一下。」

「可是，他的成績不壞吧？」

「其實，如果成績真的爛到完全沒救，或許他也會覺得這下子不去正好吧。」

「是真平自己主動開口要求去補習的？」

「我也很意外。世上居然真的有人喜歡念書。而且居然是我兒子。我真心懷疑他到底是不是我的種。太奇怪了。我懷疑會不會是小雪前任老公的基因作祟。」

「不會吧。你們交往的時間有重疊？」

「怎麼可能！我是開玩笑的啦。他絕對是我兒子。我們交往時，我跑長途回來，隔了二周見面的那天算起，過了十個月又十天他就出生了。」

「真平真是一板一眼。」

「不過，我是覺得，如果真的喜歡念書，上哪個中學不都照樣可以念書嗎？雖然沒念過書的我或許沒資格講這種話。難道非得去那麼好的中學才行？」

「不，大宮先生你說的沒錯。重點並不在於去報考比較好。問題是他自己有那個意願。那個年紀的孩子，母親剛過世，如果連別的東西都得被迫放棄，怎麼想都覺得太殘忍。」

「你真善良。幸夫。」

「喂。別鬧了。不是那樣。」

「不，我很感激。小雪走了以後，連不太熟的人都會替我擔心兩個小傢伙的問題，讓我非常開心。光是聽到別人誇孩子可愛，我就會掉眼淚。想到除了自己以外，還有人疼愛這兩個小傢伙，我就很感動。」

「是嗎。」

「但是，唯獨這件事真的沒辦法。很多事情都亂了步調。不只是真平，我的生活也亂了。小燈的生活也亂了。我們三人都是。就這個角度而言，不是很公平嗎？」

「我想這點他是最明白的。……不過今天才剛見面，或許我不該講這種話。」

「不，他就是那種人。基本上，幹嘛要忍氣吞聲？如果是我就會爆發。對老爸上演全武行。」

「很快就會變成那樣了。」

大宮陽一從事貨運業已有十八年。

加入這一行，是在十六歲時。起因是當時惡行累累連高中都上不成，某天正打算偷一輛停在車站後面的摩托車時，被父親曾任職的板金噴漆店老闆制止。跟著老闆一邊學習汽車結構一邊工作了兩年半後，考取駕照，進入常客的貨運公司擔任裝貨及整理貨物的助手，翌年開始駕駛中型貨車。母親早在他八歲時過世，父親本就有酒癮，後來症狀惡化一再進出醫院，從此由祖母撫養他，十九歲那年冬天祖母也過世了，大宮陽一向社長表明「想離開這片土地」。遠離故鄉改至目前這家公司上班，就是在那之後。他專跑中程線至長程線的貨運，單身時代就這麼四處旅行，每個月只回家一兩次。陽一的工作在體力上相當吃重，但只要好好跑完全程把貨送到，就算沒有以前的黃金時代那麼好賺，至少絕對可以保證某種程度的收入，只要沒染上吃喝嫖賭的惡習就能存下一筆錢。由於這些年妻子一直從事護理師的工作打理家計，雖然不富裕，但二個孩子都養得很健康，還有餘裕送真平上補習班，甚至存了一筆錢準備供他上私立中學。妻子死後，公司體諒他的處境，破例通融他跑短程貨運，但即便如此還是常常得在外面過夜。他也拜託熟人代為尋找早上出門傍晚就能回來的短程工作，但大家要保住自己公司現有的顧客來源都已很吃力了，迄今仍未找到符合理想條件的工作。

「我也知道這樣對不起真平。只因為小的和他年紀差了一大截就讓他兄代母職，我不在家時，他要去托兒所接送妹妹，還得餵妹妹吃飯、洗澡，全部都仰賴他。但我現在如果隨便換工作，一不小心選錯路，那才真的是會毀掉他們的未來保障。我也考慮過是否能託人照顧，但我老爸早就是廢人，我姊也住進鄉下的安養院，況且我和我姊打從小時候就相看兩相厭——」

「那個——」

「我也去區公所打聽過能否找個保母，但不管怎樣都得花不少錢。這又不是只來一兩天就能解決的問題，以我家的能力真的沒辦法。」

「那個，不然，我來試試吧？」

大宮陽一猛然停下腳，扭頭看幸夫。幸夫也駐足，與陽一面對面。

「只要幫忙看家就行了吧？一周兩次，在真平補習班下課回到家之前照顧小燈就好？」

陽一甚麼話都說不出來。

「從我家過來一班電車就會到，而且我只要有地方能夠放電腦和筆記本，在哪都能工作。」

陽一還是啞口無言。

「呃，我沒別的意思。純粹是臨時起意。我只是想說，還有這樣一個辦法，就這麼簡單。如果有冒犯之處，很抱歉。」

陽一瞪大雙眼，認真盯視幸夫的臉孔。混濁的眼白，充滿血絲。微張的嘴裡，被唾液沾濕的黃色犬齒發亮。幸夫想起死者家屬說明會那天看到的芒果男，不禁感到背上的寒毛豎立。

「別誤會！我可不是戀童癖的變態！絕對不是！」

「……幸夫，你是說真的嗎？」

陽一終於開口。幸夫像被警察攔下盤查的小偷，點頭如搗蒜。

「為什麼？」陽一問。

「為什麼啊——。」幸夫氣喘似的回了這麼一句，之後不管如何絞盡腦汁，都很罕見地擠不出下文。二個男人，就在車輛加速穿梭的大馬路旁沉默佇立許久。亮著空車燈號的計程車，一輛又一輛駛過他們身旁。

我

〇五月七日

在S車站的圓環等候公車大約耗費十分鐘。在新城區的公車站牌下車後有點迷路，抵達大宮家時比約定的五點晚了十五分鐘。真平已經回到家，正在廚房。

空氣中瀰漫奇妙的尷尬。彷彿一對男女酒後亂性上了床的翌晨。無法像之前那樣氣氛融洽。發生突發狀況彼此腎上腺素飆升後的深夜，與神智清醒的白天果然是兩回事嗎？仔細想想我並非應真平本人之請前來。是兩個大人趁他睡著時擅自作主決定。他內心有何想法，我不知道。

目送真平出門的小燈，表情顯然也不像上次在餐廳見面時那麼開朗。這大概也難免吧。一星期前，她因蟹黃過敏發作前的那幾十分鐘，我們幾乎沒有甚麼像樣的交談就在她意識不清的昏迷狀態下結束聚餐，現在突然叫她單獨和我這個怪叔叔看家，換作是我肯定會哭。真虧陽一居然敢點頭同意。起先我曾提議找個女編輯陪我一起來，但陽一說不需要。不過我內心其實也還不想對任何人提起這件事。特地去幾乎等同陌生人的外人家裡帶小孩，這到底是打哪冒出來的念頭，我實在懶得解釋。

餐桌前，小燈在吃真平準備的速食中華蓋飯（貌似是）。五點多就吃晚餐好像有點早，但是等真平補習回來再一起吃恐怕太晚。我在小燈對面的椅子坐下，和她面對面。

「吃中華蓋飯啊。真好。」我試著搭訕，但她毫無反應。

「妳喜歡吃蓋飯？」我問，但她只是朝我微微歪頭，垂著眼簾，用短短的粉紅色筷子戳起玉米筍、鳥蛋之類的東西細細啃食。按照她這種吃飯速度，到底要甚麼時候才能吃光一整碗中華蓋飯？

不能急。和小孩交流，焦躁是大忌。如果勉強試圖打開孩子的心房只會造成反效果。呃，我是這麼想啦。大概吧。我不再主動搭訕，從包裡取出一本書開始閱讀，結果這次她主動開口問我：「你不吃飯嗎？」

「嗯。叔叔還不餓。晚點回家再吃。」我回答，她再次腦袋一歪，垂眼繼續吃中華蓋飯。於是我們的對話就此中斷。是我的回答有那裡令她不滿嗎？抑或，是我完全引不起她的興趣？不到五分鐘，她就丟下沒吃完的中華蓋飯，跑去客廳開電視。貌似地方台的購物頻道中，藝人正在不斷謳歌鴕鳥皮手提包的各種優點。她不停按遙控器轉台，最後還是又回到鴕鳥台，目不轉睛盯著電視螢幕。

書完全看不下去。我漸漸餓了，放在眼前還剩下三分之二的中華蓋飯攪得我心煩意亂。她應該不吃了吧？速食餐包做的中華蓋飯不知是甚麼味道？但我不可能突然去吃她吃剩的東西。

過了一會，小燈站起來去開冰箱。我看她好像在找甚麼東西，於是問她：「妳要找甚麼？」「沒事。」她回答。

「想不想喝果汁？叔叔去買。」

「不用。」

「叔叔正想去超商買咖啡。要不要一起去？」

「不要。我在看家。」

……一點也不可愛。不，應該說，她不肯親近我。這是理所當然吧。對，本來就是理所當然。我這麼告訴自己。

在馬路對面的超商，我盤算著買點甜食回去，於是在零食區和甜點區、點心麵包區徘徊，遲疑了將近十分鐘。肚子越來越餓，本來可以買個便當回去吃，但我之前已告訴她「要回家吃」，最後，我站在店門口匆忙吃了二個肉包。我在搞甚麼。讓四歲小孩留下「嘴上那麼說，其實肚子八成餓了」的印象，真有那麼可怕嗎？回程，我霍然想到，連忙從購物袋取出採購的優格、瑪德蓮小蛋糕、麻糬，仔細檢查背後的成分表。沒有發現「蝦子，螃蟹」的成分。

回到大宮家開門一看，她正站在客廳的電視前手舞足蹈。……可是一發現我，她立刻停止。

從我身上收回視線後，她若無其事地當場坐下。只有我從未聽過的卡通主題曲聒噪地不斷流過。

我一路走到客廳，把買來的零食在暖桌上一字排開，問她想吃哪一樣。她的表情微動卻未開口，似乎在猶豫。

「選哪個都可以喔。吃兩種也可以喔。」

沉默。

「難道妳討厭吃甜食？」

「這個。」她說著，指向優格。

「哇。妳喜歡優格啊？」

沉默。

「只要優格就好？要不要吃小蛋糕？」

「晚點再吃。」

「也好，那就晚點再吃。不過妳吃了兩種零食葛格會不會生氣啊～」

沉默。

「那妳要保密喔～這是秘密喔～」

沉默。

蠢死了。甚麼見鬼的「這是秘密喔～」。

我又回到餐桌前看書。沒吃完的中華蓋飯，不知幾時被平整地包上了保鮮膜。我看看時鐘，六點四十分。距離真平返家還有將近三小時之久。簡直無法置信。時間怎麼會過得這麼慢。

電視卡通的聲音很吵。很想叫她關小聲一點。可是，我這個突然出現的闖入者，有資格那樣要求嗎？忍了一會，眼看卡通終於播完了，「小燈，可不可以把聲音調小一點？」我問。她抓起遙控器關掉電源。「啊，妳不用關掉沒關係。」我說，她只說「我不看了」，從三格櫃取出繪本開始翻閱。

這種情況下的「不看了」，是指「我本來就打算關掉不看了」，還是暗示「不看就不看，本姑娘不稀罕」，我有點拿捏不準。好不容易安靜了，我卻心不在焉，幾乎完全沒看進書中內容就這麼翻完了。

我打開電腦，打算把尚未寫完的連載小說告一段落，但吱——的低聲傳來，是那個音樂鐘又響了。九點整。補習班下課了。終於。但我反而開始有點緊張。我能夠完成去接真平的任務嗎？朝客廳那邊一看，小燈窩在日式座椅裡已經睡著了。怎麼辦？

九點鐘下課，如果搭上九點二十分從補習班附近公車站牌出發的公車，將會在九點三十五分抵達社區那一站，所以你必須在九點二十至二十五分之間出門前往公車站牌。萬一下課晚了或是有問題問老師沒趕上那班車，我會再傳簡訊通知你——這是真平本人傳給我的詳細說明。

我把電腦塞回包裡，穿上外套，戰戰兢兢喊小燈，沒想到她立刻睜開眼。

「對不起，把妳吵醒。我要去接妳哥哥。小燈，妳要去嗎？我聽說妳以前都會跟媽咪一起去。或者，今天妳要留下來看家？」

「我要去。」

「嗯。那，我們走吧。」

把電腦包放在玄關，關好門窗，我和她走出家門。

這是我第一次和四歲小孩單獨走在夜晚的路上。我想過是否該慢一點，但她目不斜視拚命快步向前走，好像不肯配合我的步調。女孩子從這麼一丁點大就開始好強了。

我試探著把左手伸向她。

就連第一次和女孩交往時都沒這麼緊張過。或者該說，以前通常都是女人主動握住我的手。我已經被女人慣壞了。

我的左手遭到漠視，徒然劃過空氣中，「小燈。」我鼓起勇氣用指尖輕觸她的肩膀後，她彷彿本來就打算這麼做似的，理所當然把右手塞進我的手中。

那隻小手柔軟如羽毛。光是手心的溫度似乎就會令其融化消失，我不知該用多大的力氣。

稍微放慢腳步，走到公車站牌約需十二、三分鐘。對小朋友來說，已是一段很長的距離。

還沒過馬路抵達公車站牌，公車已經到了，可以看見真平下車。我不由鬆了一口氣。即便隔著馬路也可感到，對面的真平看見我們同樣鬆了一口氣。

「小燈，看家的滋味如何？好玩嗎？」他問妹妹，她想了一下後回答「好玩」。雖然感謝她這麼給面子但那是騙人的。即使是小孩，也會騙人。

不過真平看起來比出門去補習前放鬆多了。是因為睽違多日後終於又能去補習班嗎？我希望是這樣。

送兄妹倆到玄關，我拿起擱在玄關的電腦包，沒有再進屋，就此揮手道別。下次，是周四見了。我說。

我又沿著來時路折返。獨自一人，雖然輕鬆，路途卻似乎比剛才黑暗。

○五月九日

中午過後起床。傳訊通知陽一我今天會過去，他立刻打電話來。嗓門很大。我不禁調低通話音量。他叫我有甚麼事立刻打電話給他，如果小朋友不乖就揍一頓沒關係。如果有一天我會揍那兩個孩子，我想那時候我肯定已經病得很重了。

準備好後來到車站前，搭乘電車前已先在咖啡店寫點稿子，吃蝦仁炒飯。否則又眼饞小燈的晚餐就不妙了。

比前天提早十五分鐘出門，結果四點半就抵達社區樓下。我打真平的手機，他說現在從托兒所出來還在回家的路上，他們沒有騎腳踏車，所以大約要二十分鐘才會到。

我拿備用鑰匙先進大宮家。家中有點刺鼻的臭氣。大概是垃圾。陽一說明天才會回來。水槽堆滿髒碗盤。我在一瞬間苦惱是否該動手清洗，最後還是決定洗掉。

五點過後，門外傳來小燈似乎在鬧脾氣的高亢童音。氣氛好像有點不對勁

「不可能每次都有和上次一樣的東西。超商這種地方，本來就會不斷推出新商品！」玄關的門一開，只見真平正在訓話。

「怎麼了？」

「小燈拿不定主意要買哪種便當。明知道我在趕時間！」

「今天是買便當回來吃？」

「因為來不及自己煮了。我太晚去接她。結果她還無理取鬧非要買上次吃的小雞咖哩飯，豬頭！」

「不准罵我豬頭！」

「你今天下課晚了？」

「我沒寫完作業。那妳愛吃就吃不吃拉倒！我走了。」

「豬頭！」

被撇下的小燈，杵在送哥哥離去的玄關口，咚地用力跺了一下地板。以她的小身板難以想像的鈍重聲響徹屋內。

這種事我無從了解，但所謂的兄弟姊妹，即便在剛認識的外人面前，也能這樣大剌剌地如實呈現彼此之間的關係嗎？我好歹也算長期浸淫夫妻之間的關係性，但我始終盡量不讓人看見我們夫妻不和的場面。即使是在親朋好友面前。不，正因為是在親朋好友面前，為了不讓他們瞎猜疑或擔心，我總是裝出琴瑟和鳴的姿態。但那是因為我們早已失去琴瑟和鳴的實質嗎？昔日能夠感到根底擁有堅定感情聯繫的時候，到底是甚麼樣子的？過往雲煙，已不復記憶。血脈相連的手足同胞，到頭來才是更堅固的關係嗎？或者，純粹只因為他們是小孩？

家中悄然無聲。

小燈若是一個人在家或許已經哭了，但她用眼角餘光感知我的存在，似乎成熟地克制了情緒。我打開真平隨手扔在餐桌上的超商購物袋探頭看了一下，裡面有雞肉臊飯便當和杯裝沖泡式味噌湯。

我問她要不要吃便當，她尷尬地朝我扭頭，照例歪了一下小腦袋。

「妳今天本來想吃咖哩飯？」

沉默。

「那甚麼……小雞咖哩飯？今天非吃不可？」

沉默。

「如果不介意吃速食餐包咖哩，我幫妳熱一包吧？家裡有妳爸爸買的那種速食餐包，如果妳要吃的話。」

繼續沉默，然後她在沉默中點了一下頭。

機會來了。

我立刻翻身拿起我剛洗好的鍋子，迅速裝滿清水，看似駕輕就熟地開瓦斯點火。然後手腳俐落地從櫥櫃取出速食咖哩的紙盒，用手指著內容成分表一一檢視，確認成分不含蝦子與螃蟹後，豪邁地把速食咖哩整袋丟進尚未沸騰的水中。

之後只需等待。只要等待就好喔。好吃的咖哩。開心的咖哩。不錯吧！小燈？有大人陪伴不錯吧？對吧？對吧？對吧？

不知幾時鍋中的水已咕嘟咕嘟煮沸，速食咖哩包在滾水中載浮載沉翩翩起舞。

「好了，我看看喔，該用哪個盤子好呢？」

「沒有飯。」她慢條斯理地咕噥。

——飯。

「早上，冷凍的米飯全都吃光了。」

我打開看起來就不像有插電的大宮家冰冷的電飯鍋。裡面空空如也。

現在想想，我在結婚前好像也常有類似的糗事。發現沒飯後也懶得再煮，最後往往是把速食咖哩包遺棄在鍋中，索性出去吃。該煮飯嗎？我會煮嗎？連米放在哪都不曉得。電飯鍋該按哪個按鍵？到底得花多少時間？

「小燈，妳知道家裡的米放在哪裡嗎？」我試著問，她打開流理台下方的櫃子。裝在袋中的白米，袋口用洗衣夾封住。拿到電飯鍋旁，打開袋子，我僵住了。

「小燈，妳知道家裡每次煮幾杯米嗎？」

「不知道。」

「小燈，量米的杯子在哪裡？」

「不知道。」

對於自己的無知不以為恥的態度，正是成長的關鍵。這是我的高中老師說的。讓我們一起成長吧。不過，今天就算了。

我忽然想起雞肉臊飯便當的肉臊底下就有米飯，於是打開便當盒蓋，把肉臊和炒蛋小心翼翼移到另一個盤子，在吸了湯汁變成褐色的米飯上，澆上加熱過的速食咖哩。想當然耳，小燈的臉色很難看。我也知道。小孩子最討厭這種不清不楚的世界觀。而且直到這時，我才想起還有即時冷凍米飯這種玩意。偶爾，夏子趕時間的時候，我曾看過她用微波爐加熱家中常備的那玩意。夏子取出熱騰騰冒煙的白飯，拿掉蓋子，盛進飯碗，而我不發一語默默吃掉。我沒有自己碰過。連那玩意在哪兒賣都不知道。超商或許有。可惜為時已晚。

看著小燈一邊夾起沒有配飯吃會太鹹的雞肉臊一邊默默吃咖哩飯，我甚至連問她好不好吃都覺得空虛。女人的這種態度我懂。八成正在想我是個沒用的廢物吧。——要不是你亂出餿主意，本來可以更簡單更省事喔。無論大小事，每次攪局的都是你，遭殃的永遠是我。我沒有當面吐槽你就該感激我的善良了——她八成想這麼說吧。

但小燈還是解決了三分之二的便當。自己從櫥櫃拿出保鮮膜，動作雖生疏，卻包得很平整，然後往桌角一放，說聲「我吃飽了」，欲言又止地一再瞄我。

「甚麼事？」

「你不去超商？」

「噢，已經不用去了……需要買甚麼嗎？」

但她沒有接話，只是抿緊小嘴。終究還是需要白飯嗎。不，不對。是優格。——前天不是給了優格嗎？今天怎麼沒有？麻糬呢？小蛋糕呢？——是這樣的意思。她想表達的是，原來你只有剛開始想引起我注意，等你自己玩膩了就結束了？小孩這種生物真是夠了。不僅不討喜而且給點甜頭就得寸進尺。妳想得美！前天是前天，今天是今天。——不，都是我不好。是我錯了。大人其實也是這樣。嘗過一次甜頭就會期待繼續有同樣的幸福。如果沒有繼續就會感到不滿。幸福是不幸的種子。其實區區一盒優格就算天天買給她吃也無所謂。問題是這樣拿食物引誘別人的小孩真的對嗎？只要能夠讓她因此親近我就好？就在我如此天人交戰之際，她已默默轉移陣地去客廳的暖桌了。

「一周一次，只有星期二，叔叔會買零食來。就當作一周一次的獎勵。如何？」苦無對策之下我如此徵詢，但她正眼也不瞧我，只是微微頷首，然後彷彿要阻止反正只會找藉口搪塞的我繼續往下說，她逕自打開電視。

好想回家。——才短短兩天工夫，我已經開始這麼想。

承認自己太天真？這讓我懊惱不甘。我從未把與小孩這種生物相處看得那麼容易。對於生活在理性與秩序中的成年人而言，小孩是一種擾亂規律日常生活不可控制的危險惡魔。基於那樣的理由，這些年來我選擇了不生小孩的人生。但理性與秩序？別傻了。正好相反。我本人，正是孩子王。因為一輩子都想繼續扮演不受控制任性妄為且不負責任極端危險的大魔王，所以我抗拒與同類共存。即使偶爾會有想留下自己遺傳基因的生物本能抬頭，我也沒有真的採取行動。這是我參照社會上那些有了孩子之後也無法好好扮演父母親角色的孩子王們造成的悲劇後，做出的個人判斷。我不是能夠為人父親的那種人。我無法信任旁人說的「當了父親之後，自然會學會做父親」的說法。這年頭，社會上充斥太多無法自然學會為人父母的傢伙，誰能保證我一定可以加入「自然學會組」？萬一無法稱職扮演時，那些說「自然會學會」的人，能替我做甚麼？我不討厭小孩。我如此相信。只是，我不想成為「不幸的孩子」的父親。夏子也說她有同感。她說沒小孩也不要緊。她沒有像世間一般女子那樣因為沒小孩就哭天喊地。她從來沒有說出陷我於窘境的話。她是真的無所謂。是吧？

和前天一樣的藝人，和前天一樣的頻道，正針對女用調整型內衣卓越的伸縮性加以說明，小燈兩眼發亮緊盯著畫面。

我重新打起精神，打開電腦開啟沒寫完的文章檔案。意興闌珊地撰寫出版社指定題目的「一次印象深刻的旅行」。

就在我寫了幾行終於開始進入狀況時，突然間，和前天一樣的快節奏卡通主題曲傳入耳中。

恰噗，恰噗，恰噗，恰噗，羅——里——。

恰噗，恰噗，恰噗，恰噗，羅歐歐歐——里咿咿——。

我朝前方偷瞄，只見小燈凝定抱著膝蓋，在電視機前成了化石。本來她每次大概都是一邊看這卡通一邊盡情手舞足蹈吧。我想告訴她，想跳就跳沒關係，但被人這麼一說恐怕也不好意思跳了。電視音量依然很大，不過我今天帶了耳塞來。很遺憾，小孩的耳朵和大人的耳朵感覺舒適的音域及頻率大不相同。我把耳機插上電腦，啟動音樂播放器，選擇最能讓自己平靜執筆的音樂播放。

有人從旁邊戳我手肘，我驚訝地摘下耳機。

「我們還不走嗎？」

「啊，幾點了？」

「九和十的中間，還有四。」

「啊？啊？啊？」

我仰望門框上方，正好九點二十分。糟了，不走不行了，我只好扔下打開的電腦和資料，帶著小燈出門。

看來我不知不覺似乎相當專注工作。雖說戴了耳機，但我連音樂鐘的音樂報時都沒聽見。這樣聚精會神地思考、寫作超過二小時的狀態，似乎已經很久沒出現了。

今天我們從一開始就手牽手走路。當她站在玄關要穿鞋時，我伸出手，她理所當然地握住我的手。

然而，被一場不幸事故奪走母親的四歲女童，和一個陌生中年男人走在冷清夜路的情景，並未逃過社區居民的法眼。

前方駛來兩輛腳踏車，手牽手的我們退到一旁讓路。排成一列的騎士，喊著「不好意思——」逐一經過我們身旁，但錯身而過後，隨即響起刺耳的煞車聲，「小燈？」看似家庭主婦的後方女騎士說。

我們停下腳，向後轉身。

「是小燈吧？晚安！」

小燈也小聲回了一句晚安。

「哎喲——我說這是誰啊！」

前方的家庭主婦也立刻加入。雙腳在地面滑行，將腳踏車倒車退回我倆的身旁。

「妳最近過得怎樣？還好嗎？沒生病吧？」

「妳把拔還好嗎？葛格呢？」

「葛格有陪妳去托兒所，對吧？上次一大早碰見了。你們真乖，很棒喔。」

二人跨在放著相同網球拍的腳踏車上，像連珠炮似的對小燈不停發話，在她們發話的同時，似乎也在尋找機會以便對我進行身家調查。

「晚安，麻煩大家照顧了。」我出聲後，對方雖然微笑回禮，卻始終沉默，但她們的視線牢牢鎖定在我身上不曾離開。我忽然感到喉嚨乾渴如火燒。必須說點甚麼才行。

「——那個，我們現在還得去接她哥哥。」

「辛苦了。我之前也見過你嗎？」

「我好像沒看過你耶。」

一個是大腿粗壯幾乎撐破七分褲的褲管，另一個是長滿疙瘩的上臂隆起看起來就孔武有力，雙方都強壯得讓我心虛。如果二人聯手對我拳打腳踢，我肯定毫無招架之力就會被擊倒。

「呃，那個，我是那個──」

手機。我得用手機打電話給陽一。手機，手機……我忘了帶手機。

「他是爸爸的表哥。」

小燈突然開口。

「……表哥？是表哥啊？」

「嗯。幸夫表哥。」

「──對，我就是幸夫！」

我們一邊小跑步，終於忍不住一起偷笑。

厲害，厲害，妳真是太機靈了！我頻頻誇獎她，但她說，「這是大家講好的。」大宮一家早已預見，我們這種古怪的關係越解釋只會越發啟人疑竇，因此似乎早就商量好這種時候該如何應付。就像有遠見的風險管理專家。

公車隨即抵達。把這個小插曲告訴真平後，「這麼快就派上用場了？」他大笑。比起前天，往返公車站牌的這段路好像變短了。

回到大宮家，我收拾東西準備離開之際，正巧陽一來電。我把路上遇到家庭主婦的事向他報告後，他的笑聲幾乎震破手機喇叭。陽一與真平的笑法意外地相似。

那些家庭主婦據說是小雪和本區居民組成的壘球隊隊友。不是網球？我問，他說壘球隊因為人數減少已經解散了。據說在她們的邀約下，小雪也剛開始打網球。豎立在玄關鞋櫃上還很新的網球拍倏然映入眼簾。「他們都是好人喔。」陽一說。「我也這麼想。」我回答。

敞開的浴室脫衣間後方，可以看見真平一手拿著海綿正在埋頭刷洗浴缸。用蓮蓬頭沖洗浴缸後，他鑽過我身旁，從冰庫取出一包冷凍廣東炒麵丟進微波爐，捲起的褲管還沒放下又急急忙忙去收陽台晾曬的衣服。小燈！他喊道，於是妹妹從收回來的衣物中，挑出自己的小T恤小內褲，按照一定的規則性折疊（雖然折得歪七扭八），然後一點一點捧著放回後面的和室。嗶——微波爐響了。

我對陽一說，我該回去了。我問他要不要叫孩子們來聽電話，他說孩子們現在八成正在忙，他晚點再打，說完就掛掉電話。

真平從微波爐取出熱氣騰騰的廣東炒麵，頓時發現餐桌上吃剩的雞肉臊咖哩飯。

「這是怎麼回事？」

我為自己擅自拿調理包咖哩加熱弄出這種四不像向他道歉。

「我不知道要煮幾杯米。應該說，首先，我就拿不定主意是否該擅自在你們家煮飯。」

「通常都是煮五杯米。」

「五杯啊。」

「剩下的，就裝進這裡的保鮮盒冷凍起來。」

「很有條理嘛，厲害喔。」

「飯鍋開關在這裡。想快點煮好的時候就按這個。二十分鐘就能煮好。但是如果不趕時間，還是請你先把米浸泡一段時間。還有，洗米的時候不能用這個內鍋，要用盆子。否則會磨掉內鍋的護膜。」

「噢。」

「還有甚麼其他問題嗎？」
「呃，我果然應該煮飯嗎？」
「你不是這個意思嗎？」

真平吃廣東炒麵，小燈也自己用微波爐加熱雞肉臊咖哩飯，坐在哥哥身旁開動。吃到一半，真平起身去浴室關洗澡水。我失去離開的時機，不知不覺直到二人吃完還坐著。離開大宮家時，已經過了十點半。之後二人去洗澡，小燈會先睡。至於真平，他說要繼續寫傍晚沒寫完的學校作業。失去母親的生活重擔，沉甸甸壓在兩兄妹單薄的肩上。三個月前，這個年紀的小兄妹想必壓根預料不到會變成這樣，如今卻能一心一意規律過生活，與其說是之前養成的習慣與教育成果，毋寧是因為思念母親昔日強固建立的正常家庭生活的記憶吧。他們不想失去。不想失去與母親的生活記憶。而我，已有多久沒有刷洗過浴室？我的生活記憶呢？

搭乘十一點的末班公車，回到家已快一點。肚子餓了。忽然很想吃廣東炒麵，特地跑去超商，卻找不到任何類似的商品。

○五月十四日

今天二人又晚了。站在大宮家的陽台俯視，可以看見兄妹倆手拉手跑過社區內。真平還背著書包。他是放學後直接去托兒所接妹妹。

打開玄關門時，已到了真平該去補習的時間。他說今天是因為推選下個月畢業旅行的幹事耽誤了放學時間。我接過他拎著的超市購物袋送走他後，把裡面的熟食小菜放到桌上讓小燈吃飯。

真不可思議。才第三次來大宮家，她已理所當然地吃著我端出的晚餐。儘管不是我親手烹調的，但她下箸的態度顯然與第一天吃中華蓋飯時大不相同。不過，現在就以為她已對我敞開心扉為時尚早。不是那樣的，他們只不過是迅速順應接受某人監護的現實罷了。監護人是誰都無所謂。不是我也沒差。她似乎臉很臭地啃著可樂餅，可見她也是被逼得沒辦法。

「你不吃？」她說。

「嗯。今天啊，叔叔在車站前面吃了拉麵才過來的。」我回答，小燈聽了沉默片刻後，說她也想吃拉麵。

「妳想去吃拉麵？叔叔帶妳去吧。不過要先和妳爸爸商量。如果爸爸同意，下次我們就和哥哥三個人一起去。」

「甚麼時候？」

「這個嘛，我會盡快選個日子。」

「甚麼時候？」

「現在還不知道。因為也要和妳哥哥商量。」

嗯——嗯——嗯——嗯——。小燈焦躁地不停跺腳。

那麼期待和我去吃拉麵？不。她期待的是拉麵。

六點左右開始工作，中間起來上廁所時，小燈正在客廳畫著色本，我湊近伸頭一看，她立刻用雙手蓋住。即使我叫她讓我看一下，她也堅持不允。我說那等她畫好了再給我看，她還是拒絕。結果等我上完廁所回來，才剛開始投入工作，她就自己拿來給我看了。

或許我該說，哇！塗得好漂亮！顏色用得真好……諸如此類。但我沒有誇獎過小孩，所以老實講，我其實不確定該說甚麼才好。豬是黃色的，熊是黃綠色的，地面是粉紅色和橘色，用色相當大膽跳脫。但那種配色本身，即便在毫無藝術眼光的我看來也顯得很純淨，就小孩的水準而言，塗得很均勻，顯然很小心不讓畫筆塗到線外。但我該如何表達這個想法才好？

「可以感到妳畫得相當專心，一絲不苟。同時我認為妳用色也很豪放。兼具纖細與大膽，不過這種說法好像很老套，妳聽得懂嗎？」

她當然沉默。就是嘛那種說法怎麼可能聽得懂。

「嗯——呃——換句話說，我為什麼會這麼想呢，比方說妳看這一塊的著色方式——」

之後我陳述的感想，我想大抵都很抽象、概念化且完全狀況外，沒想到小燈竟然聽得聚精會神。撇開她是否聽懂了先不談，或許是知道自己得到了認真的肯定，在我叫她繼續畫別的然後再拿給我看之前，她一直緊貼在我身邊，聆聽我拙劣的評論。

之後我大致都在專心工作。宣告九點整的人偶出來跳舞了，於是今天我打掃了浴室。我居然會打掃！不過想到這樣真平回來後的工作就少了一樁，抓海綿的手也變得輕快不少。雖然也反省了一下，有這個閒工夫減少別人的工作負擔不如先做好自己的工作。那今天回家也把家裡的浴室打掃一下吧。嗯——。

出門去接真平前，接到S出版社的林君來電，他說中午送回的校對稿修改之處想跟我做最後確認，我連忙從包裡取出原件和他核對。掛斷電話時，已快九點半。小燈早已在玄關等待，「抱歉，我們快走！」我慌忙衝下脫鞋口穿鞋，她主動伸出右手。我握住她的手，在我的左手中，叮鈴一聲，微微響起鈴聲。

我張開手心一看，是一枚腳踏車鑰匙。

我跟著小燈前往社區的腳踏車停車場，跨上她母親的淑女車。騎上去用雙腳撐地後，小燈自動爬上後面的座椅，戴上她自己抱下樓來的鮮紅色安全帽。單車雙載這種事，於我，不知已睽違多少年了。最後一次應該是重考的第一年載著名叫小琪的女友駛過故鄉的河岸吧。聽某人說，小琪已經生了四個女兒了。這是我第一次載小朋友，起初有點搖搖晃晃。雖然搖搖晃晃，騎了一段路後自然上了軌道。不知幾時小燈已牢牢揪住我的腰。因為手小，感覺有點癢。鼻腔深處忽然一酸。我怎麼這麼單純啊。以前就算女孩子拿房間鑰匙給我，我也從來不曾感動得想哭。不，如果我以前能夠為這種事感動得想哭，我的人生或許會更健全一點。不過，現在只要有這輛小雪的淑女車，我覺得好像可以再次前往一個不同的場所。然後我決定了。我要再次提議由我去托兒所接小燈。

回程讓小燈坐在車上，我一邊推車一邊和真平一如往常地走過夜路。真平星期天的考試成績似乎不理想。由於母親出事後他經常請假缺課，驀然警覺時似乎已落後一大截。

「以前我都在前二十名以內。」

「這次呢？」

「……我不想說。不，是說不出口。」

「沒關係啦。反正我根本不懂怎樣才算厲害，怎樣不厲害。」

「那我就算跟你說了也沒用。」

「別這樣嘛。到底第幾名？」

「五十八。」

「總共多少人？」

「二百人。」

「呃，這我就不瞭解了。因為還要看那二百人是怎麼樣的二百人。如果是與一群要去念東大、哈佛、劍橋的人正面交鋒的話，那你算是表現很好了。」

「正面交鋒是甚麼意思？」

「意思就是說為求生存，彼此激烈競爭拚個你死我活。」

「我們補習班大概只有五個人能進三大天王。」
「甚麼三大天王？野口五郎❷？」
「那是誰？是開成、麻布、武藏三大名校啦。你不知道？」
「啊——原來如此。是那種標準啊。不好意思，我還真不知道。」
以前我就讀的大學，就有一個開成畢業的傢伙淪落到我們班上，每次如果有人問「聽說你是開成的？」他的臉色就會很難看。據說他周遭的朋友都去念東大了。我聽了之後才知道，原來開成是那樣的學校。
「我是鄉下來的，不清楚這些。出社會後也沒遇過誰會拿從哪個中學畢業來炫耀。如果有，那肯定也是相當脫線的傢伙。」
「你的意思是念甚麼學校都一樣？」
「我沒這麼說。因為在我認識那個開成畢業的傢伙後，我也覺得太聰明的傢伙其實不賴。」
那傢伙對外國的小說及音樂如數家珍，無人能夠匹敵。音樂只要聽過一次，小說只要大略瀏覽一遍，他就能連瑣碎的歌詞和情節發展都記得一清二楚。我甚至忘了嫉妒，只能咋舌。

「如果去那些聰明小孩聚集的地方，眼中所見的風景肯定也會不一樣吧。世界啦，宇宙啦，感覺會猛然拉近，無論是微觀的世界或鉅觀的世界，形形色色的東西都能看見——你想看吧？」

「嗯。」

「我贊成喔。畢竟，只有能夠看見無形之物的人，才能夠讓世界進化。」

「我想看。」

「但並非通通可以看見喔。當你選擇某些東西，就會失去另一些。開成有女生嗎？你會一輩子失去機會觀察女生胸部逐漸變大的過程。昨天還平坦的制服背部，某一天突然出現一條胸罩的線條。而你沒機會體會那一天的感動就此長大。」

「那種東西不看也沒關係。」

「少來了。」

「那很噁心。」

「我就知道你會這麼想。但是，過了很久之後，等到你曾經心心念念好不容易才得到的東西都已價值模糊時，你就會明白了。」

「明白甚麼？」

「在自己鄙薄的事物之中，其實自有其偉大的世界。」

「鄙薄？」

「就是小看人家，覺得那沒啥了不起。當你努力試圖窺視看不見的世界之際，本來看得見的世界也迷失了。比起世界的進化，認真看待看得見的事物，其實更困難。」

「我聽不太懂。」

「我想也是。其實我也一樣。算了，不聊這個了。總之，從下次起我替你去托兒所。然後如果有必要的話我也會煮飯。你就利用那個時間好好念書。那樣成績就會進步了。」

「啊？那你要怎麼跟托兒所老師說？」

「我就說我是表哥呀。謝謝他們平日對陽一的照顧。」

「啊——這樣很可疑啦。最近保全很嚴格。大門口還裝有監視器呢。已經和我們的年代不一樣了。」

「哈哈。『我們的年代』？不會被懷疑啦。反正小燈肯定又會幫我證明是『表哥』。」

轉頭朝腳踏車後座一看，小燈已歪向一旁，迷迷糊糊打瞌睡了。

十二點半返家。喝著啤酒漫不經心看深夜電視，沒有寫作。

○五月二十一日

上午起床。一點左右出門。下了電車，在S車站前的超市買熟食小菜。從今日起我也要在大宮家吃晚餐。關於菜錢，和陽一爭論半天，最後雙方達成協議各出一半。這年頭超市的熟食區也有很多男人徘徊。有推著嬰兒車的年輕父親，也有全身重量掛在超市推車上前進的老人。不知我看起來屬於哪一組。不由自主挺直腰桿用力縮小腹。

搭乘公車時，隔著走道的旁邊座位，一名年約五歲的女童枕著母親膝蓋。公車啟動不久，我覺得好像有東西軟綿綿在蠕動，只見女童已跨坐在母親膝上像嬰兒般把臉貼在母親胸口，一手緊握乳房。她和我在瞬間對上眼後，目露凶光瞪我，彷彿要誇示自己的地盤，再次把臉埋進母親的胸口。

我很困惑。因為我無法想像身材比她還小一號的小燈，握著小雪的乳房把臉埋進小雪胸口的情景。我覺得小燈應該早就已經從那種階段畢業了。可以的話我很想直接詢問鄰座的女童：這種情形，是妳比較特殊嗎？——這一點也不特殊喔。這種情形很普通。你自己還不是做過這種事。小燈也一樣喔。這個年紀就是想撒嬌。只不過當著你的面，小燈不好意思表現那一面罷了。——女童或許會這麼說。公車抵達社區公車站牌，我下了座位站到走道上，女童從母親乳房旁露出一隻眼偷窺，銳利如刀的眼睛狠狠瞪視我。

唉——和這孩子比起來，小燈可愛多了。

大宮家空無一人。天氣很好，於是我開窗。小學生吹奏的笨拙笛音，不知從哪悠悠飄來。小白花，小白花……❸距離去托兒所接小燈的時間，還有兩個多小時，我哼著歌埋頭寫作。因為氣氛太安詳，甚至中途打瞌睡。

音樂鐘宣告四點整的鐘聲響完時，真平放學回來了，畫了如何去托兒所的地圖給我。我帶著地圖，騎上小雪的淑女腳踏車提早出發。不幸迷路。拿手機檢索地圖，和真平給的地圖對照，結果越看越糊塗。途中向擦身而過的路人問了四次路，其中三人都不知托兒所在哪裡。不過如果問我住處附近的托兒所地點，我也一樣答不上來。

在附近像無頭蒼蠅轉了半天，終於抵達托兒所，昨天陽一已向老師解釋過我們的關係，因此當我按門口對講機說「我是來接大宮燈的衣笠」，立刻順利通過大門那一關。

在建築物的脫鞋口等候，只見幼童逐一出來，和來接小孩的母親們攜手離去。其中也有父親。他們無一例外地開朗互道「你好！」「再見！」一如隨時都在趕時間的上班族，閒聊兩句便三三兩兩離去。我也依樣畫葫蘆地偽裝父親，試著打招呼說「你好！」結果沒人對我起疑，同樣也對我回禮寒暄讓我鬆了一口氣。我一直以為，就像小狗小貓可以瞬間感知討厭動物的人，母親這種生物也擁有能夠一眼看穿「不是為人父母者」的偵測器，可現在看來那似乎也不是百發百中。很好很好很好。就在我這麼胡思亂想之際，小燈從裡面出來走到走廊上。她應該知道我會來，但她的表情有點羞澀，於是我鼓起勇氣揮手大喊「喂——」然後伸出手掌，她蹬蹬蹬跑過來舉起右手和我對拍一下。嗚呼。誠然可愛是也。

這時，就站在旁邊的一位媽媽忽然親暱地出聲說：「小燈，妳好。」然後扭頭朝我也送來非常溫柔和氣的笑容。

「今天是爺爺來接妳？真好。您好啊。」

我暈眩——。

與其被當成爺爺，我寧可被當成可疑人物。

假設我二十歲生小孩，然後我的小孩也在二十歲生小孩，那麼這個孩子今年正好六歲。很好。我已經是該有孫子的年紀了。但那又怎樣。好吧！就算退讓一百步姑且就當我看起來像這小丫頭的祖父吧，但我怎麼可能像是小雪和陽一的老爸？

「不是爺爺喔。是表哥。」小燈說。

「表哥！」

小燈，錯了錯了。應該說「是爸爸的表哥」，而且，那個人物設定已經結束了。如果和正確資訊不統一會更加惹人懷疑，對我今後來接妳造成不良影響喔。

這時，從後方教室走出來的年輕老師喊住我。不可思議的是，喊的居然是我的筆名。

「請問，是津村啟先生吧？」

「蛤？是！」

「不好意思，我是您的書迷。電影我也有去看。」

「電影？」

「呃，『墜落的法律』？」

「……是『法則』吧。」

「對對對就是那個！岡岡在裡面超帥的！哇，好好喔小燈。妳好幸福。」

岡岡是某男偶像藝人，比我小說裡的主角年輕了整整一輪，不過他算是很賣力演出了。票房慘遭滑鐵盧不是岡岡的錯。我實在不願回想。

那位老師還特地把八成從來沒看過我的書的其他老師通通叫過來，大家一起合照。包括斷定我是爺爺的那位媽媽和她的小孩。

臨走時，園長特地向我道歉。「府上遭逢不幸，我們的員工還騷擾您真的很抱歉。」

聽到「園長」我就會想起我念幼稚園時那個長得和老牌女明星京唄子一模一樣的園長，

不過小燈的園長才四十出頭，是個頗有熟女風韻的老師。——不，在托兒所的小朋友看來她八成已是很老的京唄子吧？

回程讓坐在後面的小燈當導航系統，我們折返住宅區的巷道。去程因為迷路所以沒注意，原來途中會碰上一個很長的上坡。大腿很快就極盡爆裂，我撅起屁股站起來踩踏板。使盡吃奶的力氣還沒到上坡的一半。我身體前傾，把全身重量放在踏板，可是踏板幾乎硬得踩不動，車龍頭猛烈地左搖右晃，差點翻車。小燈尖叫。我只好投降，跳下腳踏車。氣喘如牛。

「怎麼了？」

「還能怎麼了，載著妳，根本騎不上去。欸，真的是走這條路沒錯？媽咪以前也是走這條？」

「嗯。」

「媽咪都是在哪下車用推的？」

「媽咪沒有下車喔。」

「……不愧是壘球隊的。」

我真的打算鞭策早已過了不惑之年的身體，繼續走這條上坡路嗎？回到大宮家，在鏡子前面側身一看，沒有肌肉的屁股扁平，毫無起伏。去廁所脫下褲子直接伸手一摸，柔嫩如嬰兒臉頰。這樣完全沒救。

回家已不見真平人影。小雪還在時，據說他總是提早去補習班，和同學閒聊片刻或是問老師問題。五點過後，小燈陪著我量米、拿盆子洗米、按下電飯鍋開關。雖然真平叫我把米浸泡一段時間，算了，那個下次再說。

六點，飯煮好了。我打開買來的熟食，兩人吃晚餐。炸肉餅、馬鈴薯沙拉、雞肉燉什錦蔬菜，另外，還有杯裝味噌湯。至於米飯，普通好吃。小燈胃口很好，但吃到一半突然啊了一聲，皺起臉張大嘴巴。可以看見她嘴裡嚼得爛糊糊的飯菜。我愣住了。和麻布十番那次一模一樣。我一直忘記問那種藥放在哪裡。我該不會在這種擬似扮家家酒遊戲中害死別人家的小孩吧？那可不是鬧著玩的。離這裡最近的醫院是哪家？要叫計程車，但這裡的住址是？就在我慌亂之際，小燈用力把嘴裡的東西吞下去，然後苦著臉嚷嚷「好痛」，用手指拉開嘴唇給我看她的口腔。只見漂亮的粉色臉頰內側黏膜上，出現一個只有幾公釐的紅色咬傷痕跡。我渾身一軟，癱坐下去。小燈之後也食欲旺盛。

吃完飯，我懶得起身。我們一起看《恰噗恰噗羅里》。是飛魚羅里和恰里兄弟的冒險故事。小章魚的母親失蹤，兩兄弟合作幫忙找人，原來章魚媽媽誤入漁夫架設的捕魚籠出不來了。我本來以為會是兄弟倆絞盡腦汁設法協助章魚媽媽逃出生天的痛快逃生劇，沒想到飛魚兄弟嘗試半天還是徒勞，籠子打不開，章魚媽媽呼喚守在旁邊的小章魚，叫他今後要借助周遭的力量自己好好活下去，然後就連籠子一起被拉出水面。三十分鐘的劇情竟然意外地殘酷。章魚媽媽被漁夫撈起的同時喊出的那句「你要像我愛你那樣去愛周遭的大家」令我不覺淚下。但我也捏了把冷汗擔心這故事對小燈而言，會不會太殘忍了，她察覺我的視線後，用意外乾脆的口吻說「小章魚真可憐」。「就是啊」，我回答，然後她說「我吃章魚不會過敏喔」。我總算安心了。

吃完收拾善後。我洗碗，她拿布擦乾。同時兩人一起哼著歌：「恰噗，恰噗，恰噗，恰噗，羅歐歐歐～里咿咿～。」我表演約德爾唱法❹那種假音，她大樂。

七點半左右我再次投入工作。陽一來電，原本預定深夜返家的計畫有變，他說現在已駛入琦玉縣內。今天本來應該是我負責煮飯，真平負責刷洗浴室，但我聽到陽一要回來頓時幹勁十足，勤快地跑去刷洗浴室。自己也無法理解從哪冒出這種新婚妻子般的熱情。陽一說回來時會順路去公車站牌接真平，父子倆在十點前一同返家。得知我已燒好洗澡水，陽一瞪大雙眼一臉感激。我說飯也煮了，他眼泛淚光。我完全被他打敗了。

陽一直接走到客廳小佛壇前跪下，從超商購物袋取出一瓶提神飲料，放在相框中的小雪面前上供。看著他突然沉默閉眼，雙手合十的模樣，我再也無法忍受，隨手收拾起東西準備告辭，這時真平說，「爸爸買了酒回來喔。是幸夫愛喝的紅酒。」我不好拒絕，就這麼留下了。

我們坐在吃晚餐的真平旁邊，一邊啃著三角形的加工起司一邊喝酒。他驚歎「一瓶就要一千圓！」的超商賣的智利紅酒已足夠好喝。仔細想想這是麻布十番那晚以來第一次四人到齊。小燈像小猴子一樣爬上父親的背後和肩膀纏著不放，被她揪起臉頰與額頭的陽一還是不當回事地繼續說話，但今天我也不甘示弱。實在是發生太多事了，話題講都講不完。孩子們也嘰嘰喳喳說個不停。真平大方向我說明過敏發作時使用的腎上腺素放置場所及使用方法，小燈得知去拉麵店的計畫被擱置很生氣，很不客氣地抖出我被她同學的媽媽當成爺爺的糗事。小朋友始終不肯去洗澡，最後陽一只好把小燈扛在肩上一起進浴室。餐桌突然安靜下來，我問真平今天在補習班學了些甚麼。他用猜謎方式出了幾題理科地層的問題，我大概三題只答得出一題。浴室那邊，輪流傳來我只有在殺人推理劇場聽過的誇張哀號和格格大笑。這就是真正的父親才有的強大實力嗎？但目前我只要能和她一起唱恰噗恰噗羅里就已經滿足了。

我錯過了末班電車。與其說不小心錯過，每過一個小時音樂鐘就會自動報時，所以其實是我明知故犯，因為我實在不想獨自走那條夜路回家，故意賴著不肯走。兩個小傢伙睡覺後，陽一的話題如潰堤般繞著小雪滔滔不絕。關於連陽一都沒轍的那條上坡路，小雪卻能氣喘吁吁騎著腳踏車踩完全程的腳力；關於她會為了甚麼事情誇獎小孩，責罵小孩，或者罵陽一；關於她吃東西的喜好，調味的嗜好，她的家庭背景與家族成員，以及相差九歲的二人是如何在十二年前邂逅。據說陽一二十四歲那年因貨車卸貨作業發生意外導致右腿骨折時，小雪就在他住的醫院復健病房區擔任護理師。翌年結婚。他說是因為她的肚子裡有了真平。

「有一套喔！不過，小雪的父母親沒意見嗎？我是說，你比她小了那麼多歲。」

「我意外地受到她父母歡迎。小雪的第一段婚姻，為了生孩子吃了不少苦。她本來就是不易懷孕的體質，可是她很想要小孩，好不容易有了，老公卻在她懷孕時出軌。」

「原來如此。真是人渣。」

跟我一樣。

「我也有很長一段時間一直很想去掐死他。」
我捏把冷汗。
「結果就離婚了？那小孩呢？」
「懷孕十八周左右就流產了。真可憐。不過小雪說，那孩子是顧慮到她的將來，所以主動去另一個世界了。如果活下來了現在都已經上高中了。」
「這樣啊。不過，既然有過那樣的經歷，那她父母肯定很高興。」
「但她老爸當時正眼都不肯瞧我。」
「太慘了。換作是我那一刻就絕望了。」
「第一次見面大抵都是那樣啦。以我的情況而言。」
陽一毫無芥蒂放聲大笑。
「幸夫與小夏呢？你們是大學同學吧？」
突然間，話題切換到我身上。
「對。雖然我年紀比她大一點，但我們是在大學認識的。」
「可是交往是在小夏當美容師之後吧？」
「你知道得不少嘛。」

「嗯。我聽小雪說的。那時候你連一本小說都還沒寫出來吧?」

「嗯。」

「聽說你決定辭去出版社工作專心當小說家時,老太太氣得大哭,把小夏搞得焦頭爛額。」

「沒那回事。夏子的母親是親戚當中對我的書最捧場的人。」

「不是啦,我是說你媽。小夏還一個人特地去你的老家說服你媽。」

「我不知道有這回事。」

「不會吧!小夏說結婚時你媽還逼她保證,就算將來幸夫要寫小說也絕對不能贊成。她笑著說,所以後來她被罵得很慘呢。」

「是她跟你們這麼說?」

「對呀。就是聽小夏說的。」

過了一會,陽一從小燈睡的和室裡驗翻出小本相簿給我看。

是他們在河邊烤肉的照片。比現在還小很多的小燈,被夏子抱在懷裡,拿手裡的夾子替網子上的肉片翻身。還有夏子與真平打羽毛球的照片。以及和孩子們並排站在一起對著鏡頭做鬼臉的夏子。做甚麼鬼臉！我猛烈嫉妒。

夏子可曾邀我去過大宮家？或者，她曾提議邀請大宮家的人來我家嗎？我的確曾幾度毫不客氣地拒絕夏子的提議。到底是拒絕了甚麼提議，我現在完全想不起來，但是和妻子的朋友全家人去烤肉這種提議，就算我在無意識中斷然排除也不足為奇。尚未走紅時那種不想讓外人打聽自己的職業與現狀的彆扭心態，始終在自己的內心糾結不去。只要一想到也許會被健全世界的老百姓追問寫作者鬻文糊口毫無保障的工作方式，我就會很憂鬱。無論他們是對我有強烈的興趣或是對我完全不感興趣，都會讓我的心情浮躁不穩。想必夏子後來也放棄了把我帶進她的世界這種念頭。她抽手放棄了帶著我這種醜陋的自我意識過剩者到處走的麻煩。

雖然是我自己拒絕夏子的世界，可我還是被夏子那個世界的快活狠狠打擊到了。夏子在我所不知道的世界過著如魚得水的充實生活，令我心情黯淡。若是一般丈夫，或許會高興得瞇起眼。但於我而言，夏子的笑容甚至讓我感到是對吃軟飯的我故意示威。雖然她並未拿那些照片在我面前炫耀。不，正因為她從未給我看照片，所以才是示威。她彷彿在說——我在你不知道的地方過得快活愜意喔。和我媽交涉的事也是。比起她私下替我的工作奔走斡旋帶給我的感慨，我只痛感到自己與夏子之間日漸加深的鴻溝。連這種事都對我隻字不提，而且在我面前隻字不提卻在別處大嘴巴地抖出來，讓我很生氣。我甚至懷疑，對大宮家的人而言，我終究只是他們喜愛的小夏的代替品罷了。

看著照片，我倆都逐漸沉默，但我與陽一心裡的想的肯定截然不同。結果我們輪番喝紅酒、燒酒、氣泡酒直到二點半，陽一搖搖晃晃地想在客廳替我鋪被子，但我推辭，說要直接工作到天亮。說完晚安不到五分鐘，紙門那頭的和室裡已響起吸塵器般的鼾聲。我再次開啟稿子，重讀那段後寫了一行，再次重讀後刪除那一行，就這麼一再重複。我就知道會這樣。

到了四點，外面天色漸亮。雖然很累，我還是留下一張「下周見」的字條，在六點多就悄悄離開大宮家。公車上已零星出現上班通勤的乘客，電車更是爆滿。我被推擠著貼在車門玻璃上，久違的朝陽刺痛眼睛。

❷ 野口五郎與鄉廣美、西城秀樹是日本七〇年代最紅的男偶像，號稱「新御三家」（三大天王）。這是仿效早期的橋幸夫、舟木一夫、西鄉輝彥「御三家」的稱號。

❸ 電影《真善美》的知名插曲〈小白花〉（Edelweiss）。

❹ 約德爾唱法（jodel）：快速並重複進行胸音至頭音轉換的大跨度音階的歌唱形式，產生一連串高一低一高一低的聲音。起源於早期瑞士阿爾卑斯山區牧民用來呼喚牛羊群的方式。

經紀人

他本人起初當然是想推辭。

別看他那樣，其實個性沒有世人以為的那麼愛出風頭。雖然受到各界批評，但他對此也早有心理準備——即便是自己這種二流作家，如果受到世人追捧這樣站到鎂光燈下，或許也能夠讓年輕人對文學或讀物稍微產生興趣。這是他本人平日經常掛在嘴邊的話。

關於私生活，過去他幾乎從未公開，尤其是他的妻子，就算在著作中，我想應該也從來不曾具體提及。記得某次獲獎宴會上，有位文藝評論家看到他難得出席的妻子好像非常驚訝。大概是因為和津村小說中的女性形象差太遠了吧。他本人倒是笑著說，「文藝評論家居然以為作家是把現實生活原封不動搬進作品中。」

就連我自己，也不是很了解他妻子。

記得大約是二年前吧。錄製電視談話性節目時，明明事先說好了要拍攝他愛用的文具用品，可他出門時還是忘記帶，只好請他妻子匆忙送到節目現場。她看起來聰穎，開朗，不愧是從事服務業的專業人員，第一次接觸就令我自嘆弗如，她喊我岸本哥，那種稱呼方式自然得不像是初次見面。雖然隨和，卻一點也不會失禮，彷彿失散多年的同志般立刻就打成一片，節目錄製期間，我一直和她互吐苦水發洩平日的鬱悶和牢騷。她的容貌清麗，照理說夫妻倆一起更常出現在公開場合也沒甚麼不好，但在這麼想的同時，好像也理解了津村堅持不在文章中提及妻子，始終小心保護妻子的理由了。

結果，我只有那次直接見到他妻子。但即便是僅此一次的相遇，她的過世還是讓我很惋惜，實在太遺憾了。

說到事故發生後的作家本人——或許這點已不用我再多說。總之，目睹他憔悴的模樣，就連平日和他關係親近的我，都不知該如何是好。我認為也難怪他會這樣。畢竟站在他的立場，等於突然失去了人生最愛的、唯一的伴侶。雖然在他因那起事故受到媒體記者注目的場面，他努力保持冷靜，表現得很堅強，但他的心情想必和其他死者家屬並無不同。只因為他是公眾人物，所以拚命壓抑自己的悲痛，看他那樣連我都跟著心痛。

他本人也主動表示，實在沒那個心情，想暫時停止所有電視通告及宣傳活動。我也覺得這時候不該勉強他，所以暫時，至少在他能夠整理好妻子過世的打擊之前，尊重他本人的意思，採取了那樣的措施。

幹作家這一行，平時他自己也說種種人生經驗皆可成為作家的養分，但這次的事件，在我旁觀作家本人好幾個月的過程中，連我都開始感到，那不是獨自一人能夠克服的難關。就在這種節骨眼接到這次的企劃邀約，於是我向作家提議，不如接受大家的建議參加節目，試著面對妻子過世的事實。但他從一開始就堅決反對，聲稱不願做這種拿妻子的不幸當話題的炒作行為。但我個人強烈認為，這種節目能夠保留事故的記憶，或許也能成為對死難者的一種弔唁，因此我還是不屈不撓一再勸說，最後津村的態度也漸漸轉為理解，同意自己的經驗或許能夠讓同樣驟失親愛家人的人們產生共鳴。

對，所以剛開始錄製時，我想他或許多少會有點僵硬。可能也會顯得躲在殼中，和大家印象中那個津村平易近人的形象不同。說不定會覺得他意外難搞。意外囉嗦、謹慎、娘娘腔。但是還請大家多包涵，體諒他遭逢如此不幸，脾氣可能比原先大了三分。等他適應了，應該就會有不同的表現。是的，就看他在鏡頭捕捉下，如何漸漸變化，是的，是的，真實。自然而然的，露出本來面目，自然。對，對，對，對，是的是的，就是這樣。

＊

「新聞ＸＸ・專題企畫：祈禱・雪柳湖遊覽車翻覆事故的記憶——作家津村啟・超越愛妻之死——（暫定名稱）」

這是什麼狗屁！津村一看到標題就臭著臉把企劃書扔到桌上。我費盡唇舌有的沒的講了老半天，好不容易才讓企劃有進展，可當事人卻不肯想一下我有多辛苦。

「這不是甚麼狗屁，老師。是竹創意製作公司的土井小姐這位製作人好不容幫我們和電視台溝通的。」

「那是誰啊。而且這件事我怎麼從來沒聽說。」

「所以我現在不是正要向你說明嗎。這個啊，老師，其實是很現代的主題。地球不是正在變化嗎。就算不是這種意外事故，地震或異常天候引發的自然災害也會讓很多人驟失親友，同樣失去心靈寄託。」

「虧你能這麼牽強地扯上關係。我和遭受天災的人是兩回事吧。基本上這個標題是甚麼鬼東西。這分明是以我已經克服悲痛為前提嘛。」

「所、以、說，這只是暫定名稱。現在只是企劃案。為了讓電視台通過這案子，必須寫得淺顯易懂。」

「話說回來這種節目，不是該去報導一般弱勢者的心聲嗎？就算我只是三流作家，好歹是擁有發表園地的人。儘管在你看來只是個愛出風頭的小丑，但我只要消化了自己的體驗就會用自己的筆寫出來。」

「換句話說，你不想為人作嫁把功勞拱手讓人？」

「拜託不要用『功勞』這種字眼好嗎？總之，要做這種節目隨便你，但是去採訪別人，肯定會比找我更好。」

「那當然也不是不行。」

「說穿了還是收視率的問題？」

「這麼講或許很低俗，不過找較有知名度的人上節目，的確會讓觀眾更容易產生興趣。就像拍動作片，如果大批群眾中有布萊德彼特和沒沒無聞的白人大叔一起逃命，你會先注意誰？一定是布萊德彼特吧？同樣的道理。啊，我應該用強尼戴普來舉例才對。」

「閉嘴。」

「那我老實說吧，我自己，壓根不認為這種節目能夠改變世界。地球上天天都有重大事故到處發生，觀眾在一瞬間感動落淚，然後在網路上隨便發表一點感想後，就此結束。就這麼回事。但我還是建議你參加這次節目，就算你覺得無聊也好，找錯目標也好，總之我只是希望你稍微和外界打交道，把注意力轉向群眾。因為有鑒於你的工作性質，如果放任不管，你恐怕只會不斷走進自己的內在世界。這樣下去，我怕你會封閉在內心世界永遠回不來。」

「謝謝。我很感激你的關心，也有點焦慮沒讓你們經紀公司賺到錢。我這樣光是掛名卻沒有做任何演藝活動，我也知道必然會讓你們社長對你施加壓力。但我有我的步調，那不見得就是自我封閉。我認為我是在用自己的方式打造嶄新的外界。雖然和過去的種類大不相同。」

噢，原來如此。就是那個假扮父親的遊戲是吧，我懂了。

我察覺津村的樣子不對勁是在一個月前，但他開始涉足那奇妙的生活，似乎是更早之前。打電話給他時，顯然和他家不同的雜音中，他不是急著想趕快掛電話，就是尖聲說晚點再打給我的情形越來越頻繁，有時甚至還會聽見小小孩的高亢童音，我還以為他勾搭上一個帶著拖油瓶的情人。

最近老師似乎很忙碌，是不是在忙著處理需要採訪題材的作品？在我如此刺探之下，他顧左右而言他地含糊否認，我本來以為是為了女人，沒想到，他開始主動打開話匣子，娓娓道來他與那家人的關係。

這是那家的葛格學校旅行買回來的紀念品。說著，津村給我看他義大利皮包握把上掛的日光東照宮的睡貓裝飾鑰匙圈。他叫我摸摸看，結果我一摸，貓的身體似乎是做成鈴鐺，頓時響起叮鈴鈴的聲音。津村只因為這樣便放聲大笑。我很訝異他是不是瘋了。

我以為他應該是和父性八竿子打不著關係的人。他這人極度自戀，卻欠缺健全範圍內的自信，具有強烈的厭世觀，絕對不可能為了比自己弱小的人物犧牲時間或背負麻煩。不過，男人這種生物或許皆是如此，這種人如果有了小孩，通常在幸福和羞澀的邊緣，總會瀰漫一股彷彿被命運的無藥可救給壓制的獨特敗北感。每當看到像是把心愛的玩具遺忘在某處，被毛毛躁躁的新手爸爸抱在懷裡，大聲哭叫的嬰兒，腦海就會浮現做父親的嚇得腿軟，但精子還是不管三七二十一撞破障礙突圍的畫面，然後就覺得超好笑。有時我甚至想，說不定父性這種東西，就是讓人懂得世界無法盡如人意？

但若說津村萌生了父性？好像又有點不對。

「炒什錦蔬菜時，如果把胡蘿蔔切片放進去小朋友就不肯吃，可是如果切成薄薄的細長條……那叫甚麼來著？切絲？切成那樣的話就肯吃。」

「老師你連煮飯都包辦？」

「因為我自己也會餓。外面賣的熟食誰曉得裡面放了些什麼。」

「不過待在有小孩的地方，虧你還能專心工作。」

「有時可以有時不行。不過小的那個最近已經很會認字了，所以可以自己看書，或者模仿我寫寫日記。小孩的吸收能力實在令人咋舌。只要唸給她聽，她就會迅速記住很多漢字。」

「你還唸故事書給小孩聽！」

「有時候必須先把她哄睡了才回家。」

「很可愛嗎？」

「可愛啊……還好吧。總之如果我不去，他們一家無法正常生活。」

津村就像個向死黨坦承第一次被女生告白的中學生。這到底是怎麼回事。這種突然出現的保護欲和使命感，還有充實感。他已經超越父性，直奔母性了嗎？

「這些天做了很多讓我發現，和帶小孩的辛苦比起來，工作根本不算甚麼。總之，他們是活生生的。」

聽起來就像整天躲在冷氣房坐辦公桌的人會講的話。至少該在「工作」前面加上「我的」。我們此刻坐的飯店咖啡座的窗下，可以看見下水道工程的作業員頂著大太陽在升起氤氳蒸氣的柏油路中央鑽進一個等身大的洞，渾身泥土的拿鏟子挖土。有種你把剛才那句話對那位作業員老兄再說一次。

本來，對於津村能夠對這種事態有進一步的理解，或許我該予以好評。實際上我的長女脾氣暴躁，我老婆曾經一再束手無策。也曾對女兒動粗，把女兒關在房間，戳女兒的腦袋，對著三歲的女兒吼出即便對我也沒罵過的難聽字眼。看到報紙的報導後，她堅稱女兒絕對是亞斯伯格症，特地帶女兒去看醫生，但醫生說媽媽的精神狀況更值得擔心，氣得她死命跺腳放聲痛哭。比起慶幸自己的孩子不是亞斯伯格症，自己的猜測錯誤更讓她惱怒。她惱怒的是「憑甚麼有病的不是這孩子，而是我？」對此我也有同感。我老婆根本沒有甚麼病，她溫柔，聰明，細心周到，愛乾淨，是個了不起的女性。但那些都不管用。小孩會把母親的自我認同、原本順利的人生以及正當性，通通像颶風一樣粗暴蠻橫地剷平——連同對於家裡有小孩的生活曾經懷抱的美好夢想。小孩會做出幾百遍不講道理的惡意刁難測試母親的愛情，讓她淪為一個面對小孩會青筋暴起氣得發狂的「最糟糕的母親」，遭到孤立，然後被醫生批評——「這位媽媽，有問題的，其實是妳。」

就算找爺爺奶奶商量，他們也只會像要尋找真凶一樣質問：「妳有好好餵母奶嗎？」或者「不知這孩子到底是像誰？」完全幫不上忙。不管父母是不是渾蛋，不管孩子有沒有吃母奶，乖巧的孩子打從剛出生就乖巧，難搞的孩子就是難搞。實際上我們家和老大差二歲的二女兒幾乎沒讓我們操過心，還有津村照顧的兩個小孩也是很好的例子。孩子的父親是那種大鬧遊覽車事故說明會場差點犯下傷害罪的暴力男，可他的孩子，甚至願意聽從津村這種不成熟的幼稚大人指揮，個性非常乖巧。

老娘的工作比你的破工作辛苦一億倍——那時我老婆曾經理直氣壯地這麼嗆我。婚前，她明明還說「我認為會逼問男人『工作和我哪個重要』的女人很自私」。如果讓我老婆聽到津村現在講的話，她會拍手叫好大表贊同嗎？不，她肯定會豎起中指朝他吐口水然後送他一句：「王八蛋！」沒錯沒錯。

又不是照顧必須換尿布的小寶寶，只不過是每周去陪小孩一起看家一兩次，他卻驕傲得好像立下天大的功勞。像他這種職業的人，只不過在淺水灘的水窪稍微戲水，立刻就大談海洋。津村洋溢充實感與怪異亢奮感的表情令人毛骨悚然簡直不忍直視。對你而言，那一家人到底算什麼？因為同樣的意外失去家人的同病相憐者，互相填補彼此內心的空虛攜手走向新的人生——是這樣的一則佳話嗎？真的假的啊。我總覺得應該沒那麼片面吧。

是現在我才敢說，津村在他老婆過世時的反應，極為異常。

夫妻關係已降至冰點到了無法修復的地步，這還在想像的範疇內，但即便如此津村的態度也太淡漠了，令我內心不寒而慄。我不知道那是因為悲劇來得太突然令他驚愕得呆若木雞，還是真心不以為意，總而言之，在接到噩耗後，在我看來津村似乎渴望將那件事徹底遺忘。彷彿想把他與妻子共度的半生也一併埋入地下。即便旁人向他致哀，他對那種行為本身也避之唯恐不及，至於關係更親近的人，似乎怕他想起傷心事，小心翼翼地避免碰觸那個話題，但我總覺得周遭眾人的體貼關懷，和他本人的逃避態度格格不入。

老實說，我並非對津村連百分之一的共鳴都沒有。雖然知道不該講死者的壞話，但津村他的妻子，是我向來不知該如何打交道的那種女人。他的妻子長得漂亮，社交能力也很強，遠比津村本人更容易溝通，但或許是天生具備敏銳直覺，又吃過不少苦吧，也不能說是了悟，但那種不知該說是解脫還是了無煩惱罣礙的氣質，就一個肉身女子而言未免太了卻凡塵了。她那種泰山崩於前亦面不改色的氛圍，的確很有魅力，但同時也帶有某種東西足以充分讓我萎縮。反倒是那些會被金錢啦、面子啦、物慾啦，或是缺愛症候群擺佈的女人，雖然麻煩至少還比較好親近。我曾和津村的妻子一邊講他的閒話一邊互相笑著說「他很小家子氣」，但那樣的我在津村的妻子看來恐怕也只是個小鼻子小眼睛的男人吧。但這世間芸芸眾生不是本就充滿無能為力的小小煩惱嗎？我想起中學時曾經打過某個女老師。當時她擺出「只有我最了解你，我和其他老師不同」的嘴臉接近我，對於我們無意義的愚蠢行為，她不停追問為什麼、為什麼。「你打我，我還是不懂喔，不如說出你的想法給我聽。」那女人這麼說，於是我又打了她一拳。她那嘴巴哆哆嗦嗦還勉強試圖擠出的笑臉讓我不愉快到極點。她也是個漂亮的女人。並不討人厭。只是，她那種完美無瑕會把我們逼死。這樣的女人站在眼前，會讓人覺得自己只是愚蠢、幼稚、莽撞無知的笨蛋，是對這世界而言是毫無存在價值的廢物渣滓，會很想死。

和他妻子交談時，我忍不住罕見地替津村辯解。我的意思並不是說他因此就有理由肆無忌憚地背叛婚姻，但我能夠理解他因為妻子太偉大，忍不住想從妻子身上移開目光的心情，如果我是津村八成也會那樣吧。我老婆很能幹，但她並不偉大。她會哭泣會尖叫會失控抓狂，她本人或許覺得痛苦，但正因如此，「小鼻子小眼睛」的我，就算關係變得再怎麼不穩，還是能感到家中有自己的安身之處。老婆有缺點，小孩有缺點，當然我自己也有缺點。我們家，就像是大家合力推著一輛爆胎的公共汽車前進。那邊的修好了這邊又爆胎，層出不窮的問題，讓公車毫無改進，就連原本目的地是哪裡，或者推動公車這本身就是目的都已不再確定，但乘客們至少確實掌握了方法，知道如何同心協力靠自己的力量讓故障的公車前進。

我猜想，津村或許在那個暴力男老爸的家庭中找到了自己安身之處？他說對那兩個孩子開始產生感情想必是真心話，但因此得到最大安慰的，不是失去母親的孩子，也不是暴力男老爸，恐怕是津村他自己吧。疼愛小孩，可以讓自己以前做過的那些虧心事都像一場夢般忘得乾乾淨淨。這就是男人成為父親後可以得到的特大號獎品。在「幫助痛失母親的孩子們」這個最最冠冕堂皇的名義下，得以心情舒坦地背對一切麻煩過日子的津村，現在，看起來真的很愉快。

夫人，妳已經被冠冕堂皇地遺忘了喔。我頭一次為衣笠夏子這名女性感到悲哀。

「老師，真的推掉節目你也不後悔？」

「你那是甚麼說話態度？沒有理由不能推掉吧？」
「或許我沒資格干涉，但我總覺得你不能再這樣下去了。」
「這樣下去是哪樣？你嘴上講得好聽，其實心裡盤算著只要能打通電視台的關節建立人脈就行了，對吧？」
「別這樣嘛，老師。」
「看吧，被我說中了吧。」
「別這樣嘛，老師。」
這樣下去是哪樣？其實我也不大清楚。不過，津村老師。我是真的覺得，這樣下去非常不妙喔。

*

衣笠幸夫忐忑不安。身上嶄新的冰凌灰色亞麻西裝，本來是為了這天大手筆添購的，結果卻比買給小燈當作生日禮物的草帽和日本紙牌還要貴上幾十倍，簡直可笑透頂。
與岸本分手後，他從澀谷搭乘電車在S車站的前一站下車，出了車站，只見停在圓環邊的大宮家那輛輕型廂型車中，一家三口正在揮手。鑽上車後，不到二分鐘便抵達照相館。紫薇樹開滿簇簇白花的老舊店面前有個巴掌大的停車場，輪胎吱吱作響開進停車格後，圓臉的老闆娘從店中走出來迎接四人。老闆娘是大宮雪的學姊，以前曾經貴為市立醫院的護理長，就在小雪生下小燈之前，她嫁給照相館老闆辭去了護理師的工作。因為時機巧合，小燈出生後的第一張紀念照就是在這家照相館拍的，那次順便也拍了大宮家的第一張全家福。從此每年小燈的生日時，全家人都會這樣全體出動前來拍攝「兒童特價」的全家福。小燈三歲時開始懂得欣賞綴滿荷葉邊的洋裝，這天，同樣也在老闆娘和助手阿姨的協助下，一個人打扮得異界來客似的非常滿足。若是以前的衣笠幸夫，看到這種打扮的小孩，八成會嗤之以鼻嘲笑人家品味惡俗或者癲痫頭的兒子當成寶甚麼的，但他現在不僅沒笑，還認真和攝影棚牆上掛的別家小孩盛裝打扮的模樣一一比較，回味無窮地嘀咕著還是小燈最可愛、比任何人都可愛……真平和陽一看他那副德性只能笑倒。

相較於幸夫和小燈的精心裝扮，陽一穿著和送貨的宅配員制服一模一樣的橫條紋馬球衫，真平穿著顏色醒目的運動服，四人的裝扮簡直南轅北轍。並排站在攝影棚的定點頓時緊張起來，但在老闆架設的美麗桃花心木大型相機旁，老闆娘抓著脖子上掛鈴鐺的狗狗玩偶好似抽筋般不停揮舞，逗得一家人不禁破顏一笑。老闆不知是技術特別好還是因為「兒童特價」，只按了二次快門。

晚上在大宮家舉辦烤肉派對，小燈吹熄了插在蛋糕上的五根蠟燭。餐後小燈背著父親送的卡通人物圖案的後背包，戴上幸夫送的綴有淺藍色緞帶的草帽，四人一起玩日本花牌。幸夫連跑了四、五家書店和玩具店，精挑細選才買下的這副紙牌，字特別大，插圖的色彩也很精美。幸夫自己也覺得很不可思議小燈怎會看上日本花牌這種老頭子玩的東西，但這就是小燈想要的禮物。據說是因為今年年初，小雪帶小燈去朋友家時，和那家的孩子們玩過，從此她就決定下一次生日要日本花牌。

幸夫負責念牌，三人比賽搶牌，真平這個年紀果然已對諺語如數家珍，一聽到「狗走在路上——」「破鍋——」就立刻大喝一聲得意洋洋地拍走花牌一路取得壓倒性勝利。眼看小燈越來越不開心，只好把花牌全都朝小燈的方向排列，規定爸爸和哥哥只能反著看牌或側著看牌，但即便如此仍舊完全不是真平的對手，幸夫說要替她報仇，和她一組聯手對抗真平，可是輪到陽一念牌時，念成「出家，蟲，夫——（出嫁從夫，夫死從子）」「還只是，鐘，生的——（孩子是終生的牽掛）」，腔調和斷句方式都很奇怪，害得幸夫一頭霧水遭到慘敗，最後小燈氣得一腳踢亂滿地紙牌，手裡的牌也砸到紙門上哇哇大哭。結果這次是陽一發飆了。「如果妳要這樣哭鬧就把那個背包還給我，帽子也放回去！」陽一用他的大嗓門怒吼，幸夫只好一邊拍撫撲到自己背上抽泣的小燈身體，一邊拚命勸阻陽一，還得哄著不高興的真平，同時內心底深處想到自己從未體驗過如此熱鬧的生日，不禁心頭發熱。

幸夫這晚也睡在大宮家。陽一精疲力盡熬不下去早早就鑽進臥室了，真平的房門過了十二點還透出燈光，於是幸夫試著輕敲房門，果然室內傳來一聲「甚麼事？」

自從幸夫開始出入這個家後，真平有段期間略顯下滑的成績也徐徐回升，以他如今的名次即便是號稱縣內首屈一指的私立中學也十拿九穩。但是真平自己，堅持非要念東京的某所中學。

二年前的中秋節過後，在小雪的安排下全家人曾經驅車前往信州避開度假高峰期去露營。小雪本以為可以在安靜的場所好好親近大自然，沒想到碰上一大群國中男生也來同樣的地方參加天文觀測活動。無論炊事區或廁所或水池，到處都有變聲期的男生公鴨嗓呱呱聒噪，真平偷懶沒有去幫忙準備晚餐只顧著打電玩，被陽一臭罵一頓後正在獨自鬧彆扭，這時幾個國中生叫住他。他被帶去茂密的草叢深處，本以為會遭到可怕的圍毆，沒想到國中生居然讓他用他們架設的天文望遠鏡眺望山邊浮現的金星。他對天文本無興趣，但那群國中生知識太淵博，從小就對兄長這種存在懷抱憧憬的真平完全拜倒於他們的口才。後來小雪來找真平時，國中生面對她照樣不慌不忙，還用成熟的語氣說，天黑之後可以看到更多星星，有興趣的話不妨全家過來觀賞。

之後陽一在滿天星斗下和國中生一一過招表演摔角，最後連臉色蒼白的帶隊老師都被拖下水，嘀嘀咕咕說「大爺饒命，這些傢伙甚麼都不知情」，從此，真平暗自下定決心，將來一定要進入那些大哥哥就讀的中學，參加天文觀測營。

那種少年特有的憧憬也刺激了衣笠幸夫暗藏的純情，自從聽說這段往事後，越發感同身受地認真支持真平準備升學考試。幸夫對理科沒轍，因此「賭上小說家的驕傲」去買了國語科參考書，但漢字的讀寫及接續詞的選擇題還好，碰上文章的閱讀問題經常答錯。

這晚真平複習的考題文章湊巧出自與幸夫有點頭之交的某作家的短篇小說，結果四選一的單選題幸夫又選錯了。真平一臉困擾地說，算了幸夫你去休息啦，幸夫一氣之下直接打電話給作者，也不管對方從熟睡中被吵醒有多麼詫異，逕自讀出選擇題的題目內容給對方聽。

「——傷腦筋。每個選項聽起來好像都不大合適……」
「少囉嗦，快，答案是幾？」
幸夫逼問。
「硬要選的話，大概是三吧。」
「選三嗎？」
「不，也許是一。二和四不對。這個我能確定。」
「到底是一還是三？」
「嗯……三！」
「看吧！答錯了，正確答案是一。」
「不會吧？」
「我也有同感。」

得知作者本人也和自己一樣陷入同樣的錯誤後，幸夫大為滿足，就像是立下天大的功勞似地掛斷電話，但真平的表情很鬱悶。作者的真意和這個標準解答不同，這點已經非常清楚了，問題是為了取得高分，是否該選擇幸夫和作者本人都否定的那個選項（一）。然而，在自己的心中，可有那種明知是錯也能認同多數人的選擇技術？

「不對吧？培養那種技術是錯的。我們只能抵抗。沒必要活在把那種錯誤當成正確解答的場所。你要秉持確信，自己認為是對的就是對的。多數人的世界並不代表一切。」

幸夫熱切地如此反駁，真平嘆了一口氣說，可是除此之外沒有別的方法能夠得到自己想要的未來。

「如果照幸夫的說法，選擇自己認為對的答案，那我只會落榜。」

「那你就靠數理科加油！目標一百分！」

彷彿覺得這樣的爭論不會有結果，真平陷入沉默，幸夫看他那樣突然感到悲哀，連忙為自己的極端論調道歉。

「對不起。我太強迫推銷我的價值觀了。這好像是我的老毛病，舉凡世間多數人都說好的，我通常都沒啥好印象。所以我已經習慣這種情形，也麻痺了。大家都說喜歡的，我就是無法喜歡；大家都在笑，唯有我覺得無趣。我就是有這種毛病。坦白講，我自己也很受不了。不管對甚麼事情都無法老老實實贊同大家的意見，只會對一切翻白眼。然後，又因為這樣自己鬧彆扭。」

「天生反骨（天邪鬼）？」

「對對對。的確是專門和老天作對的邪魔鬼怪。你懂得不少嘛。」

「媽咪以前經常說我是妖怪天邪鬼。」

「是嗎？你很聽話，性子一點也不彆扭。嚴格說來，那應該是小燈才對吧？」

「小燈和爸爸雖然任性，卻很率直。媽咪說我比較像她。嘴上不反對，心裡卻往往在唱反調。」

「這樣啊，你像媽咪啊。」

「除了運動神經之外。」

說完，他陷入沉默。真平真的很久沒有這樣提到他母親了。是不提也沒關係？還是刻意不碰這個話題？那不是在平日慌張匆忙的生活中可以詢問的話題。幸夫索性趁這個機會挑明：

「你好像很少提到媽媽。不會想她嗎？」

「媽咪以前常說，我跟她很像所以會很火大。」

真平的聲音，變得前所未有的僵硬緊繃。

「你在說甚麼傻話。那只是——」

「她說我總是抱著偏見看事物，有點瞧不起別人。瞧不起別人的人，就算成績優秀，被老師誇獎，也絕對不會被人喜歡。就算以為別人不會發現，媽咪還是看得出來。她要出門的前一天也這麼說過我。」

「不是的小真，你等一下。你媽媽不是那個意思。」

「但我想起的都是那些。我很想嗆她為何到了最後還要講那種話，可惜已經沒機會了。爸爸說他在佛壇前每次都是和媽咪交談，可我就算雙手合十也完全聽不見媽咪的聲音。一次都沒有聽過。」

真平說著，臉孔扭曲。

「任性地說消失就消失，真讓人火大。」

「……是啊。的確如此。」

幸夫也說不下去了。真平發出彷彿把甚麼吞到喉嚨深處的聲音後，椅子一轉背對幸夫。單薄的背部，劇烈起伏。猛然握緊的左手拳頭抵住眉心，桌上攤開的筆記本上滴答、滴答落下水滴，濡濕了潔白的頁面。

「別告訴我爸爸。」

真平背對幸夫，勉強擠出聲音說。

「說甚麼？我才不會說。」

「別告訴他我哭了。」

「幹嘛。沒關係啦。你還不到那種哭了會被笑話的年紀啦。」

「……喪禮的時候，我沒哭。不知為什麼，就是流不出眼淚。」

幸夫像被人勒住脖子似地頓時啞然。

「結果，他說，你都不在乎嗎？」

「……你爸爸嗎？」

幸夫這麼一說，真平發出細微的嗚咽。

「小真，你爸爸說那句話沒有惡意。他只是太悲傷了，忍不住拿你出氣。你懂吧？」

「我才沒有不在乎。」

「我知道，我知道。」

幸夫的手掌放在真平頭上默默撫摸。少年的毛髮，像貓毛一樣柔軟，撫摸到太陽穴上方時，可以感到皮膚微微冒汗。哭出來沒關係。幸夫一再這麼對他說，但真平始終在努力試圖抹殺洩漏出的嗚咽。

我也沒有哭。在喪禮上。

大家都熟睡後，躺在客廳地板鋪的單薄床墊上凝視昏暗的天花板，幸夫獨自呢喃。

真平哭泣時，或許自己也該這麼坦承才對。但，幸夫做不到。明知真平這個孩子對於現在的自己而言，已逐漸成為和過去認識的任何人都不同的存在，卻還是做不到，是因為還不想失去自己在他面前身為庇護者的優勢嗎？能夠認定自己對某人而言「是不可或缺的存在」，能夠認定「如果自己不去保護對方就會一塌糊塗」，是多麼美妙的滋味啊。幸夫從來沒有這樣對他人產生這種感受。尤其是對夏子。事實上，夏子從來不曾向幸夫尋求庇護，況且，她自己肯定也很清楚，幸夫從來沒有少了自己的陪伴，夏子就會垮掉的想法。然而，關於那個，夏子究竟是怎麼想的呢？

猶記四、五年前的冬天，幸夫罹患感冒，高燒二天不退已經病得爬不起來了卻堅持不肯去醫院，二人為此發生口角。幸夫連呼吸都痛苦，爭吵本身就讓他煩躁，當他放話「我甚麼時候要死，是我的人生自由」時，夏子停下洗碗盤的手，轉身只對他說了一句「你這人」就氣極敗壞再也說不下去，連水龍頭都沒關，摘下圍裙就衝出家門。丟下病人不管，虧妳做得出這種事！幸夫在高熱夢魘中只覺得滿腔憤怒。

翌晨發燒超過四十度時，不知幾時回來的夏子二話不說就想叫計程車，幸夫高喊「應該叫救護車吧」。結果感冒差點惡化成肺炎。熟識的編輯們來醫院探病，他耍寶說：「本來還大言不慚說死了也無所謂，最後卻急著叫救護車。」逗得大家都笑了，但他如今回想，當時夏子在床腳的桌前切人家送來的哈密瓜，她那陶瓷般的白淨臉頰，始終文風不動。

為了這個人，自己必須好好活下去才行。

夏子可曾期盼他這麼想？不可能吧，幸夫想。

就算我沒有好好活下去，夏子還不是照樣可以活得很好？不，夏子死了。夏子死掉，是因為我沒有為夏子好好活著？不可能吧。幸夫又想。如果她在世時，幸夫深信「對夏子的人生而言自己不可或缺」，哪怕只是盲目的相信，那會帶有如今他對孩子們產生的這種甜蜜的充實感嗎——。不要再想了，幸夫嘆口氣閉上雙眼，但他忽然開始在意，白天拍攝的合照，是否該委託那位老闆替自己也加洗一份。自從鬻文維生以來拍照的機會也增加了，但是在照相館拍的照片，只有嬰兒時期滿月禮的照片。父母對於形式化的東西向來不在乎，幸夫連結婚時都沒拍照，所以沒有任何一張由專家拍攝的全家福照片。趁此機會，手邊保留一張好像也不錯，但若是真正的家族，通常一家只有一張全家福，離家在外的人，偶爾回家翻開相簿，看看也就足夠了吧。如果家裡有一張，大宮家也有一張，會有種最後自己又將恢復原狀和他們各分東西各自生活的預感。好！那就不加洗照片了！下定決心後，他墜入夢鄉。

掐死貓似的高亢聲音交錯穿梭的兒童節目魔音開始貫穿幸夫的耳朵，這是在大宮家迎來早晨的例行模式。其實應該乾脆轉換成早睡早起的生活，但沒來這個家的日子往往徹夜寫作、閱讀或者為束手無策的事情一再逡巡，因此每次在這裡醒來時還是痛苦得彷彿被刺穿大腦核心。

不過二個孩子倒也不會勉強幸夫起床，自己吃完簡單的早餐，換好衣服，準備出發。等他終於從被窩坐起上半身問，「爸爸呢？」哥哥一邊替妹妹的聯絡簿蓋章簽名，一邊回答：「他已經走了喔。」想必是天還沒亮就出門了吧。陽一說過今天要去北方送貨。送孩子們到門口，一說「五歲的同學！」小燈就雙手高舉大喊「有！」笑得格外燦爛。兄妹倆就這樣理所當然地把這個毫無血緣關係的中年男人獨自留在家中，衝向瀰漫著夏草青澀氣息的門外上學去了。目送二人離開後，邊打呵欠邊去水槽喝水順便清洗碗盤杯子，突然不知從哪傳來響亮的旋律。他關緊水龍頭後，這才想起那是陽一手機的來電鈴聲。

走進陽一的臥室，那玩意躺在被日光曝曬的榻榻米上正在發亮。別人的手機，光是碰觸就覺得心跳加快。猶如碰觸別人家的保險櫃密碼盤。打開表面已斑駁老舊的對折式手機一看，液晶螢幕上的來電顯示是「公司手機」，戰戰兢兢接起後，對方果然是陽一，彼此都發出鬆了一口氣的聲音。

陽一大聲嚷嚷說，他以為手機遺落在吃早餐的食堂緊張了半天。據說他已經快到新潟縣了。工作可以用現在打的這支公司配給的手機，所以不會有影響。幸夫告訴他真平是明天補習，所以今天要先回家，明天下午再過來。路上小心。你也是。工作不要太逞強。你也是。彼此說完，掛上電話。然後，明明應該放下手機，幸夫卻開始翻閱陽一的手機內容。

起初內容很普通，都是與兒子的對話，還有女兒（大概是請她哥哥幫忙傳送的）全部用假名拼寫的訊息，看著那種東西，幸夫瞇起眼。照理說對這種小事頂多只會有「怎麼不給我也傳些這樣的訊息」的感想，可是漸漸的，懷疑陽一該不會已找到新的慰藉的下流揣測開始抬頭，幸夫不斷翻閱過去的通話紀錄，不知幾時起收信匣的郵件前端出現小小的鑰匙圖案，那是防止自動刪除的保護鎖。裡面塞滿大宮雪寄來的無數訊息。

趁著一家之主不在場，幸夫毫不躊躇地打開信件一則接一則看下去，但他本以為可以看到這對夫妻濃情蜜意的愛情痕跡，沒想到內容都是「你回來時順便去買瓶牛奶」、

「家裡沒雞蛋了」、「番茄醬也沒了」、「起床了嗎？把被子收起來」、「下午二點後快遞會來送貨」、「如果從北邊回來，拜託幫我買○○休息站的鯛魚魚板」等等，充斥小雪既不可愛也不客氣的單方面命令。偶爾發現其中出現一則「真平退燒了。也吃得下飯了」或「冷死了。你那邊更冷吧？小心別感冒」這樣的內容，甚至顯得格外耀眼。

有點失望地合起手機放回餐桌中央後，衣笠幸夫又伸了個大懶腰便離開大宮家。

一早就已起床，所以如果直接回家本來可以好好寫點稿子，卻不知怎地沒有回家，反而去新宿看朋友的小說改編上映的電影。作者本人相當滿意地表示「和過去的相比算是很不錯」，但幸夫看不出和過去的作品有多大的不同。出了電影院，打開放在包裡的手機電源，卻沒有繼續滑手機。在咖啡店邊看報紙邊享用遲來的午餐，再去書店逛逛挑選感興趣的書，等到抵達住處那一站的車站時，太陽早已西斜。無論吃飯時或在電車上，都沒有碰過手機。回到家，室內還是一樣積滿灰塵，空氣凝滯。本想打開客廳窗戶透透氣，卻又耐不住夕陽的暑氣再次關緊窗戶開啟冷氣。冷氣機猛然噴出的濃郁發霉臭味，鼻子也已習慣了。滿身大汗，脫下已經皺巴巴的亞麻西裝隨手一扔，光著上半身開電腦檢查來信，回了兩三封信後，打開電視卻沒有甚麼想看的節目，翻開買回來的書看不到十頁，終於，終於再也忍不下去，幸夫把手機從充電器一把扯下，終於打開收信匣。明明可以不看的。

果然，四個月之前的郵件無論是誰寄來的都已一視同仁地消失。他從未想過要保存夏子的來信。無論是自己寄給夏子的，或是夏子寄過來的，通通甚麼也不剩。幸夫忽然靈機一動，跑進臥室，從他自警局唯一攜回的夏子皮包中翻出手機，插上一直放在床畔的充電器。明知手機在冰凍的水底沉睡了幾十個小時不可能還能使用，還是試著伸指猛按電源鍵企圖開機，但液晶螢幕始終晦暗如深夜的湖沼。

身體似乎變得笨重，他把手機一扔，仰倒在床上。自從夏子走後再也沒有曬過的厚實羽絨被，在冬天已過的現在吸飽了濕氣感覺有些濕冷。奇怪，以前夏天到底是蓋甚麼睡覺的？好像是輕飄飄的薄被，那叫做涼被嗎？那玩意塞到哪去了。——不，夏天幸夫通常只穿睡衣就夠了，睡覺時如果不開冷氣他就會被熱醒，翻來覆去睡不好，容易手腳冰冷的夏子只好一個人像結蛹似的用那種涼被裹緊全身只露出腦袋睡覺。她那個模樣也可視為對幸夫無言的抗議與指責。然而看起來雖然好像總是讓她單方面受委屈，其實幸夫自己也不好受，每每必須把溫度調高到忍耐的極限忍受渾身冒汗的不快。從今年起，再也沒有人會對自己抱怨，可以把室內冷氣開到最強，舒舒服服睡覺了。

這時，腳邊響起叮鈴鈴的細微聲響，不知怎地夏子的手機突然起死回生了。幸夫跳了起來，猶如發現野鼠的飢餓猛虎般惡狠狠撲上去。終於醒來的手機依舊朦朧，看起來非常縹緲不定，弄得液晶螢幕忽暗忽明，卻還是配合按鍵的操作忠實地打開了收信匣。意外的是，夏子最後一封傳送的訊息不是給大宮雪，竟然是給幸夫的。沒有標題，只是在正文中寫著「請跟我聯絡」。幸夫本來約好了要在夏子出發前返家讓夏子幫他剪頭髮，結果他卻毫無音信，這則訊息寄出時，幸夫正在葡萄酒吧的吧台前，對著年輕的小情侶用異常宏亮的嗓門吹噓「初次見面的男女該如何利用身體接觸拉近彼此的距離」。女方是大學生，覆蓋額頭的直瀏海閃閃發亮，每次扭頭看男友時，瀏海也隨之晃動幾乎發出沙沙沙的聲音，幸夫非常非常想伸手去摸，滿腦子都在想著該如何拖延時間以便找機會觸摸。

那就是最後的訊息。當時，幸夫究竟是怎麼回覆的？或者，當他看到訊息時已經踏上歸途，於是已讀不回？就連那個都記不清楚了。他忽然很想弄清楚，自己到底有沒有回覆，如果有回覆的話是怎麼回覆的。於是他拚命按壓按鍵試圖打開收信匣，頓時，螢幕一暗。喂！喂！喂！喂！他像要拍打瀕死者的臉頰般不停戳壓電源及其他各種按鍵，這時螢幕再次緩緩恢復色彩。啊！驚訝之下不禁鬆開手，儲存未寄出草稿的草稿匣打開了。結果，就在那沒有傳送給任何人也沒有被收取，宛如冷清無人祭拜的墓地般的場所中，衣笠幸夫發現唯一一封寫給自己的訊息，他點開，隨即嚇得後仰。

「已經不愛了。一點也不。」

這是甚麼玩意。

妳要說的就是那個嗎？妳終於說了嗎？不，是寫了嗎？寫出來又能怎樣。不，是根本不想怎樣吧。可是這太狠了。實在太狠了。與其這麼說，不，與其這麼寫，何不當面對我說。妳為什麼不說？妳本來打算說嗎？連這個也無法確定了。雖是自己的妻子，卻感到匪夷所思。不，那種心情可以理解。匪夷所思的，是留下這種東西的感覺。他幾乎懷疑自己眼花，再次鄭重審視液晶螢幕，然而螢幕已再次化為黑暗湖沼。而且這次，不管他如何又敲又打，不管他怎麼努力，手機再也沒有復活，就連那句可憎的話到底是何年何月何日寫下的，都無法二度確認。所以說，根本不該碰手機的。

我

「等我說開始，就請您從這裡走過去，把花放在我們的AD現在揮手示意的地方，然後從那裡眺望湖面。實際上那個地方被樹叢擋住看不到湖面，但是呃，麻煩您表現出看得見的樣子，然後，接下來交由您自行發揮。」

自稱現場導演的男人以異常殷勤的態度如此向我說明。

「看得見的樣子？」

「是，那個，雖然看不見但是就當作看得見。」

「意思是要我假裝看著湖面？」

「對，就是抱著那種氣氛。」

「我不能自己移動到看得見湖面的位置嗎？」

「呃，這個，因為牽涉到攝影機的位置。」

「你的意思是就畫面構圖而言，如果不站在那裡就不好看？」

「呃，對，可以這麼說。」

事前溝通的腳本問題中，有一題是「妻子生前喜歡哪種花？」（請盡量選擇夏天可以買到的花），我隨口回答「桔梗」，於是對方要求我「表現出是自己買來的樣子」把那束桔梗放在指定的位置，在攝影機前做出今天來到此地後的第二次默禱。

搭乘外景專用廂型車抵達遊覽車墜崖事故現場時，一下車首先看到的路旁斷崖邊，不知是誰供奉的，只見已經枯萎殘敗的花束和仍然新鮮綻放的花束五顏六色交錯放在一起，自然而然走向那邊的我，第一反應就是低頭合掌。旅人們在不習慣的遊覽車上過夜，好不容易終於陷入沉睡，卻在巨大撞擊中猝然衝落這陡峭山坡，當時車內不知是怎樣的恐怖情景。

就在我這麼浮想之際，「喂——停！等一下！」背後響起中年男人的聲音，看似製作人的女人跑過來，彷彿把我當成迷途的失智老人，扶著我的腰把我帶回車子那邊。好像是因為攝影機尚未就緒我就擅自走近事故現場合掌膜拜打亂了流程，在丟下我的角落，我聽見胖嘟嘟的紅臉女助理被大罵「妳是豬啊！」

那些五顏六色的花束，隨即被宛如古早時代鄉下女傭的女助理收拾得一乾二淨，堆到攝影機拍不到的另一頭山腳邊。我問貌似製作人的女人為何要把花束清除，「放著雖然也行，但清理掉也好吧……」女人的說明語焉不詳我完全聽不懂。簡而言之，如果現場已放有大量的花束，被設定為深情好老公的我，會讓人感到我太晚來弔唁影響到大眾觀感？或者，他們想在現場營造出沒有人獻上任何花束的冷清，灌輸給觀眾「悲劇的記憶正逐漸風化淡去」的訊息？雖然就算不刻意營造那種畫面，世人的記憶也已充分風化淡去。

獻花，對著看不見的湖面假惺惺眺望，合掌默禱。然後轉身，卡！對方叫我再多撐一會。甚麼叫做「多撐一會」？

獻花，對著看不見的湖面假惺惺眺望，合掌默禱。南無阿彌陀佛，轉身。卡！對方叫我還是等合掌默禱後再看湖面。為什麼？

這樣聽著現場導演指示之際，貌似小女傭的助理也連忙撿起我獻上的花束，拿到我身邊準備再次重來。

「這樣搞太扯了吧。完全是在造假嘛！」

「噓！請不要隨便講出那種話。」

被支使著這樣表演了五趟後，我忍不住躲在車子後面唾罵，岸本立刻低聲制止我。

「所謂造假，是指捏造無憑無據的東西。不能用來形容只是把實際有的東西稍作調整的行為。」

「可是岸本，這是在拍紀錄報導吧？為什麼非得那樣聽他們一一指揮？」

「老師該不會以為紀錄片就是原封不動地拍攝現實狀況吧？你不是每次都說，那些把私小說寫的內容囫圇當真的讀者是白痴。」

「我就是很不爽。被那樣一次又一次指揮，我雙手合十的時候腦中根本沒有默禱任何東西。我只是在數數！」

「老師就配合一下嘛。這些工作人員對這種細節很在意。」

「我幹嘛要看這些人的臉色。這是我自己的問題吧？」

「現在已經不是你一個人的問題了。」

我們繞到對岸的湖畔，硬是被迫站在平時沒有人會下去的崎嶇岩岸邊，回答對方的訪談。攝影機一啟動，現場導演劈頭就問：「對津村先生而言，您的妻子是甚麼樣的存在？」

我的職業是作家。是操弄文字維生。既然忝為一介作家，我當然也嚴肅地認為，當我談論事物時，必須能夠讓人心悅誠服地感到「原來還可以用這種說法」，或者反過來，刪除一切修辭，只擷取人人忽略的事物核心部分。哪怕我只是二流，不，哪怕是三流作家——打從剛才我就滿腦子被那念頭占據，完全想不起任何說詞。也無暇思考妻子到底是甚麼樣的存在。起碼可以先把攝影機關掉吧。

「那麼，您對妻子最深刻的回憶是甚麼？」

導演看著手邊筆記本上似乎事先早已列出的逐條問題，非常簡單地換了題目。

我越發感到喉頭好像被甚麼卡住了，甚至講不出敷衍的場面話。他問的是最「美好」的回憶。可我完全想不起來可以在這裡敘述的回憶。

「很困難嗎？是記憶太多了？」

「不，該怎麼說……如果用『最』來形容，其他的回憶好像都被比下去了。」

「原來如此！」

如果說某年某月的某一天，在某某地方，某個陽光多麼燦爛的日子，我們是怎樣度過的，就是回憶的一般通俗格式，那麼尤其是最後這五、六年，我覺得自己一直在極力避免這種可能會「留下回憶」的行動。一起去旅行、出門品嘗美食、觀賞繪畫或電影，這類二人能夠一邊咀嚼共處的時光一邊分享滿足感的行動，我已懶得去碰。我無法忍受用那種東西粉飾我家地基腐朽真相的虛無。而且唯有在這一點，我們夫婦的感覺完全相同。所到之處得替我造成的問題收拾爛攤子，聽我發洩鬱悶的滿腹牢騷，想必夏子也累了吧。她已不再像年輕時那樣對我主動提議甚麼。因此，她也沒有邀我一起去參加大宮家的烤肉派對。

我問夏子，為什麼不邀我去？

——我問過你呀。是你自己忘了啦。

夏子回嘴。騙人。妳想用「我自己忘掉」來搪塞。只因為我忘了很多其他的事情。

——那我可以舉出很多我邀請你卻被你拒絕的例子喔。因為你全都忘了。

我才沒忘！嗯，我想想……嗯……嗯……

「津村先生。」

「啊，是。」

「可以繼續請教嗎？」

「……啊，好。」

「那您現在想對尊夫人說甚麼？」

「蛤？」

「做為今天的結尾，想請你對夫人講幾句話。」

「蛤？」

「請說！對著鏡頭說！」

在我眼前，中年大叔以半蹲的姿勢扛著亮起紅燈顯示正在拍攝的攝影機。對夫人講幾句話。對夫人講幾句話……對夫人講幾句話。

已經不愛了。一點也不。

我低頭片刻，再次抬頭，鎖定攝影機漆黑的鏡頭直視。喂，夫人，妳在聽嗎？

「如果可以，我本來希望比妳先死。為什麼死的不是我偏偏是妳，我天天都為此鬱悶。照理說妳的人生明明應該有個更充實、更美好的結束方式。」

可以看到站在攝影師大叔後面的現場導演和看似製作人的女人，嗯嗯有聲一臉肅穆地猛點頭。

「妳的死法，真的，真的糟透了。光是回想起來，我就頭痛。」

我再次深吸一口氣，繼續說道。

「妳那邊的景色如何？肯定比我們這邊的風景好太多了吧？妳看得見我在煩惱嗎？肯定大呼痛快吧。因為妳這樣先走一步，必然會讓我的後半生籠罩在烏黑陰影中。怎麼樣？妳得逞了，很爽快吧？」

工作人員們不知何時已停止點頭，眼睛瞪得老大。站在他們後方的岸本，嘴唇縮成一團活像肛門。活該。管你們去死。我已經被惡魔附身了。

「想來，在我有生之年，恐怕都無法對妳的人生做出相應的回報。而妳，應該對我也早已不抱任何期待了吧。那妳希望我死嗎？不會吧。妳不是會有那種想法的人。因為聰明的妳早已知道。被死亡折磨的是活下來的那個人。在悲慘的婚姻生活最後，還有比老公病倒了，還得天天在床前伺候更荒謬可笑的事嗎？好不容易對方死了，留下自己一個人必須獨自咀嚼人生無法重來的空虛？開甚麼玩笑！」

漆黑的鏡頭中，映出我的身影。鼻樑擠出Y字形皺紋，露出牙齦宛如野狗狺狺狂吠。那種可怕令我不由自主退縮，但即便我暫時噤口不語，那傢伙仍如嚴格的提詞人般口沫橫飛滔滔不絕，煽動我，慫恿我。

「想必不知不覺中，妳早就在隱約期望這樣的結局。妳盤算著有一天突然在最爛的時間點用最爛的死法猝然消失無蹤。妳得逞了，妳如願用這種方式死去，讓我在事後嘗到幾乎想吐的滋味。怎麼樣？看到可悲的我連吃飯、料理、家事都焦頭爛額的樣子，妳開心嗎？幸福嗎？很抱歉，我可沒有妳想的那麼落魄。我沒有妳以為的那麼沒人性。我照樣還是有機會。妳可別小看人。妳的死是一種暴力。我絕不會向暴力屈服。如果妳以為我會哭哭啼啼整天以淚洗面，那妳就大錯特錯了！」

突然間，彷彿被公牛撞到肚子的強烈衝擊襲來。大學時代據說打過美式足球的岸本的猛力一撞，讓我的身體眨眼之間遠離鏡頭前面。「老師，您沒事吧？」岸本嘴上這樣嚷著，同時卻毫不客氣將我壓倒在地，硬生生將寶特瓶的水灌入我口中。流入氣管的水被我噴到岸本的臉上，我拚命咳嗽，卻還是咕嚕咕嚕喝光了被他抱在懷中，宛如襁褓嬰兒的瓶中剩餘清水。所有的力氣彷彿都已從四肢揮發，變得癱軟無力。驀然回首，緊跟在後的攝影師大叔，就像眼前吊著一塊生肉的野獸般吐出鮮紅舌頭把鏡頭對準我們。有趣嗎？肯定很有趣吧。另一邊，在很遠很遠的地方，現場導演及製作人，還有像小女傭的女助理全都僵硬環抱雙臂臉色難看地望著我們這邊。我扭過頭仰望岸本，「怎麼辦？」我喃喃低語，岸本臉色凝重的點頭說，「再想想吧。」從嘴角溢出的水，遇上吹過湖面的風，令我的臉頰冰冷得好無助。

女助理

得知津村啟先生的本名是衣笠幸夫時，大家譁然大笑。我不知道有哪裡可笑，只是一個人默默將大盤的菜餚一一分裝到每個人的小碟子。據說那個名字，和某位早在我出生前就非常活躍的知名職棒選手同音，但我對棒球不瞭解，而且就算看到導演田原先生用手機搜尋出來給我看的棒球選手大頭照，我也毫無印象，只能發呆，弄得全場霎時冷場。有人問我到底是哪一年出生的，我說是平成三年（一九九一），他們頓時一起驚呼，嚇得向後仰倒。有人問我是否從未見過會動的昭和天皇，我說的確沒見過，大家再次驚倒。我或許不知道特別的事物，但這些大人只因為我說不知道自己出生前的事物，看起來好像就異常興奮。就像是在紛紛感嘆自己老了自己老了，但他們接著逐一提起他們那個年代的家庭連續劇《時間到囉》、偶像組合「田原三重唱」、道頓堀與肯德基爺爺雕像的詛咒、隨身聽、迪斯可舞台等等名詞，確認我的無知後，每次他們都會開心地驚呼

「天啊」或「不會吧」。順勢又問起我第一次去電影院看的電影是哪一齣，我回答是愛看洋片的父親在我小學三年級時帶我去看的《火燒摩天樓》（The Towering Inferno）。而且是搭乘電車跟著大人去街上，在小小的老舊電影院看二輪片。即便當時年紀還小也覺得史提夫．麥昆很帥，穿插迷你模型的電影特效攝影很精彩，從頭到尾我一直提心吊膽以為真的燒掉一棟大樓。我這麼一說，製作人土井小姐只說了一句「是喔，真有趣」，之後再也沒有人說話。那是早在我出生之前，記得是一九七四或七五年的作品，所以我本來以為這個話題應該比較能夠得到前輩們的認同，結果卻弄得冷場，不知為什麼。

田原先生用手機找給我看的那位前職棒選手衣笠祥雄，看起來笑得很慈祥，很像我家親戚阿伯。的確和津村老師的氣質差了十萬八千里。津村老師非常纖細，對很多事情都很敏感，節目錄製期間我每每都在想，這傢伙真煩人。根據他的經紀人岸本先生表示，津村老師從未公開透露過他的本名，但這次我們去採訪時，大宮家的人好像都是喊他本名，因此他才下定決心趁這機會將本名公諸於世。據說這需要很大的勇氣，如果沒有答應刪除津村老師在雪柳湖畔陷入狂亂的那段影片做為交換條件，據說這本來絕對不可能。

無論是衣笠幸夫或津村啟，我認為都是無分軒輊的好名字。我的名字叫做地主曉子。我父親是普通的上班族，不僅不是地主，而且一直是無殼蝸牛族，可就因為祖先取了這個誇張的姓氏，害我從小到大不知被人揶揄過多少次。我認為津村老師實在是人在福中不知福，不過明明不是地主卻自稱地主（或者即使是地主），和自己與傳說中的偉人同名的那種不自在，或許有一點點相似吧。

錄製當天，在我們保證會用馬賽克處理其他兒童的臉孔後，終於取得托兒所的攝影許可，津村老師和路過的媽媽們及爸爸們快活地打招呼，等待五歲的大宮家小妹妹放學。他和老師們親密交談的樣子也很自然，在我看來並不像是在電視鏡頭前故作姿態。

津村老師粗魯地給小妹妹扣上紅色安全帽，小妹妹也一臉理所當然地主動把頭鑽進去，輕盈地翻身跳上腳踏車後座。然後津村老師立刻踩踏板，迅如箭矢地穿梭住宅區的巷道，我們跟在後頭的廂型車有好幾次都差點跟丟了他們兩個。按照他事先說明的路線走了半天也沒看到他的人影，就在我們只好把車停在轉角決定打津村老師的手機時，只見視野前方漫長的坡道上，單車雙載的腳踏車正在用力地一路攀爬到坡頂上。

回家之後，津村老師從冰箱取出事先買好的食材，開始替兩個孩子及自己準備晚餐。起先小女孩看到我們在場還有點緊張，但漸漸就習慣了，開始隨口喊著津村老師

「幸夫」一邊東聊西扯一邊幫忙。津村老師的態度安然，實在不像長年來為了自己的名字耿耿於懷，和上次去雪柳湖時判若兩人，不管我們提出甚麼樣的請求，他都一律說好好好，非常乾脆地答應我們。當他用笨拙的手勢握著菜刀和小女孩一起下廚拖拖拉拉煮菜時，小學六年級的小男生很快從補習班回來了。暑假期間上暑修班的他通常會在傍晚回來，因此津村老師不用留到深夜，但他說已經習慣了，所以每周還是會有二天這樣在大宮家度過。晚餐有米飯、沖泡的熱湯、納豆、加了葉菜類和肉類的菜餚，三人就這樣在桌前共餐。津村老師謙虛地表示「孩子們主要還是靠營養午餐攝取營養」，但飯菜雖簡單，熱騰騰冒著蒸氣的米飯和配菜閃閃發亮，看起來非常美味。

吃完晚餐休息片刻後，他們開始收拾善後，遠處忽然砰砰砰響起炸裂聲。小女孩拉開窗簾，大概是東京的方向吧，只見窗外遙遠的天空中，五顏六色的絢爛煙火畫出小小的弧形。

夜空中朦朧開花，隨即無聲凋落融入黑暗，正感嘆光點一顆都不剩了，那個果實炸裂般的聲音這才姍姍傳來，聽見那聲音後，下一朵煙花又輕飄飄綻放，看起來很有趣，於是三人併排站在陽台上眺望。為什麼聲音會慢半拍，放煙火的場所和這個社區大概相隔多遠……小男生自信十足地說得頭頭是道，當我站在海野哥的攝影機旁，看著津村老師和小女孩嗯嗯有聲地聆聽他的說明，三人齊聲計算從煙火升起到聲音傳來總共過了幾秒時，我的鼻腔深處猛然刺痛。雖然從未見過這樣的親子，但我覺得他們就像是真正的一家人。

老實說，當津村老師在雪柳湖畔破口大罵過世的太太時，我覺得這個人鐵定腦子有病，就算是為了工作需要我也不想再採訪這種人。太太因為那種事故被奪走人生，不知有多麼害怕又懊惱，可是這個人完全沒替太太想過，只顧著擔心自己，講得好像只有自己一個人多可憐似的，他太太又不是自己想死，是被捲進不幸事故的受害者，但他卻講得好像是太太陰謀策畫出這場事故，我都想翻白眼覺得這是欲加之罪何患無辭了。這樣真的是一家人嗎？真的是相伴多年一起生活的夫婦嗎？我甚至覺得如果這樣就是夫婦，那我死也不想結婚。

但是，看著孩子們與津村老師相處的情景，那種想法好像也消失了。我想津村老師現在一定是在重生的路途上吧。我一直以為，出過好幾本書的知名作家鐵定在人格上也比自己優秀好幾倍，但是津村老師想必也只是一個血肉凡人。我終於理解，他一定是無法接受愛妻死亡的殘酷現實，於是甚至忘記去悲傷，轉為對妻子拋下自己一人的憤怒。

失去所愛的人固然難過，但也因此結下另一段妙不可言的緣分，如此產生新的邂逅，孕育出美好的關係，雖然換了一個形式，但津村老師建立了新的家庭。我希望津村老師的太太沒有白死。她想必也正在天堂含笑守護著這一切。

「我認識他們兩個之前，一直以為小孩就是小孩。但是最近，我開始不把他們當小孩，而是『小號的人』。他們擁有完整的人格，對我們的人生帶來莫大影響。」

煙火施放完畢，孩子們去洗澡後，剩下津村老師留在不大的陽台上，他一屁股坐下後，開始幽幽低訴。海野哥的攝影機跟著孩子們，因此田原先生用他拿的小型攝影機自己拍攝。

「像我這種關在家裡工作的人，日常生活中能夠切實感到自己『活著』的瞬間並不多。好奇心和感動一年比一年稀薄，也沒有自己內心某種東西日漸快速成長的感覺。然而，和他們在一起，我會發現時間在流動。直到上週還不知道的事，這周就已被他們吸收化為自己的血與肉。相較之下我們卻是成反比，日漸衰退，慢慢步向死亡。和他倆共度的時光中，我深深感到，沒有片刻時間是相同的。」

——之前老師曾說過，一直在思考為何死的不是自己，而是妻子。

「是的。我還是忍不住會思考，獨留自己在這世上的意義何在。失去她後的歲月，自己到底該怎麼活下去？我對妻子的人生當然有悔，但那種悔恨，我能夠在現在還活著的人們的人生投射幾分，創造美好的時光？我能夠編織出一點點惟有經歷過這場訣別才能得到的幸福嗎？還有，如果沒有這場訣別，我甚至不懂得面對悲傷。身邊人的死亡太痛苦，難以接受，讓我幾乎迷失自我，但我不想勉強自己遺忘。我想與妻子的死亡共存。我想繼續思考下去。我想一邊思考，一邊打造被留在世上的我剩餘的時光。」

聽著他的敘述，我覺得真的是這樣。我一改之前的想法，覺得津村老師果然感情真摯，是了不起的人物。自己不懂他的內心糾葛就隨便鄙視他實在太可恥了。

就在這時，玄關旁的浴室乒乒乓乓響起一陣騷動。是機器出問題嗎？該不會是孩子們滑倒受傷了吧？我從陽台隔著玻璃窗探頭往屋裡一瞧，只見雙手護著攝影機的海野哥哀號著「請你住手！」從浴室脫衣間的門口衝出，倒退著往餐廳逃跑。

緊接著，從脫衣間傳來一個男人粗厚的聲音清清楚楚說：「我還要叫你住手咧！」

那一瞬間，津村老師喊著「陽一」，像噴射火箭一樣跳起來，越過我們，拔腿衝向浴室。

海野哥似乎是被那人從後面踢屁股。當時他拿著攝影機從脫衣間拍攝兄妹倆感情融洽地一起泡澡，隨即小女孩爬出浴缸，毫不客氣地朝著攝影機張開大腿清洗身體，海野哥當下也慌了，連忙對她說：「小妹妹，請妳身體轉過去一點，背對我這邊」云云，倒楣的是小女孩的爸爸就在這時回來了。

「看到那樣當然會覺得是變態節目！」

把幾乎熱呼呼冒煙的襪子隨手脫下往客廳地毯上一扔，大宮先生一邊搓揉盤腿而坐的雙腳腳尖，一邊噘嘴抱怨。

土井小姐和田原先生都端正跪坐在大宮先生對面，他們已經被剛才那一幕大發飆給徹底震住了。被踹得屁滾尿流的海野哥猛然向前撲倒，攝影機的遮光罩撞到浴室門邊，已經完全變形了。

「來我家拍攝是沒關係，但這是幸夫的節目吧？犯不著連小朋友洗澡的裸體都拍吧？」

「您說的對極了。但我們並不是想拍攝裸體。」

「對不起，陽一，都是我不好。孩子們不好意思拒絕。」

「八成是是真平說的吧！這小子一看可以上電視就得意忘形。」

「我才沒有。」

「小燈妳也是，妳應該知道甚麼地方讓人看到會難為情吧，妳都已經五歲了！這麼遲鈍的女生把拔最討厭了。」

「哼！」

津村老師和兩個孩子在一起時那種安穩、悠然的氣氛霎時一轉，變得非常緊繃。大宮先生說的話非常有道理，但此人有點太過直來直往，對話根本沒有交集，總之我覺得這是個既可怕又傷腦筋的人。多多少少好像也理解了孩子們為何會喜歡黏著津村老師。

最後始終擺不平，只好就此解散，孩子們乖乖對我們說再見後就各自被關進自己的房間，我們這些工作人員當著臭臉的大宮先生面前也不敢隨便交談，只能默默收拾機器準備撤退。為了和津村老師討論今後的計畫，製作人土井小姐把他帶到玄關外面去了。

這時，大宮先生呼地嘆了一口氣，盤坐的雙腿伸直，就那樣爬到佛壇前，從超商購物袋取出一瓶勇健好（Yunker）皇帝液，放到妻子的遺照前，安靜地雙手合十。我當下扭頭看田原先生，田原先生也從包裡取出本來已經收起的小型攝影機，而且已經按下了攝影鍵。田原先生悄悄把那個遞給我後，等大宮先生從合十的雙掌之間抬起臉後，就屈膝在他身旁說，「不好意思，能不能再跟我們聊一下尊夫人？」

「可以呀」大宮先生說。聲音非常平靜。

田原先生問他能否攝影，大宮先生抬眼朝我這邊投以一瞥，咧嘴一笑比出剪刀手。他的笑容意外地可愛。

據說他總是這樣在下班回來時買一瓶皇帝液上供，然後在下次出門工作前，自己喝掉那瓶提神飲料才走。「小傢伙們都說，我根本只是用那裡放置皇帝液。」大宮先生笑著說。他的妻子生前是護理師，婚前也經常上夜班，據說動不動就會喝這種提神飲料，然後就可以打起精神繼續工作。

「總而言之，她是個熱愛工作的人。她本來打算等明年真平上中學，小燈也上小學了，她就要重回綜合醫院的第一線。」這樣打開話匣子後，大宮先生開始滔滔不絕地詳細訴說妻子生前的點點滴滴。講到一半時，還去臥房翻出妻子以前的畢業紀念冊，讓跟著溜出房間的小女兒坐在他膝上，大宮先生的敘述，不僅是關於自己的妻子，也提及相片中站在旁邊的津村先生的妻子。大宮先生的妻子叫做橘雪，津村先生的妻子叫做田中夏子，二人在學校的座號正好一前一後，據說因此感情非常要好。光看高中的畢業紀念冊也能看出津村老師的妻子長相非常秀麗，包括大宮太太在內的其他女同學，都留著當時似乎很流行宛如頭上一坨積雨雲的髮型，唯有她將長髮全部綁到腦後露出渾圓的額頭，看起來特別時髦灑脫。大宮先生冷不防問我：「妳覺得誰的桃花比較旺？」看我們不知如何回答他似乎覺得很有趣，自己接著說，「不管怎麼看都是小夏，對吧？」然後嘻嘻笑著露出黃板牙。

「可是聽說正好相反喔。我老婆從中學二年級到高中畢業，身邊從來沒有斷過男朋友。而小夏，無論在剛換班級或上學途中、去別的學校參加校慶園遊會時，追求者總是前仆後繼源源不絕，但是只要稍微聊上幾句後，據說男人就會嚇得紛紛打退堂鼓。因為情況太慘，據說我老婆甚至還親自指導小夏該怎樣才能和男生交往。就憑她這副長相。啊哈哈哈哈！」

坐在他膝上的小女兒也不知聽懂了沒有，跟著哈哈大笑。聊到妻子的話題時，大宮先生看起來真的很快樂，不知是否因為他比妻子足足小了九歲，總覺得他有點童心未泯，給人的感覺天真無邪，和之前那個凶惡的大叔判若兩人。同時我也暗自感嘆，虧他連津村老師妻子的小故事都能記得這麼清楚，這讓我想起早已過世的祖母。我小學的時候，跟我很要好的由里從單槓跌落摔斷鎖骨，祖母曾經為之流淚。我問祖母為什麼哭，祖母說小曉的好朋友，就跟小曉一樣可愛惹人心疼。想必大宮先生是打從心底愛著他的妻子吧，這麼想的同時也不免感到，悲劇發生迄今已過了將近半年的時間，但大宮先生的妻子依然活在他的心中，說不定，他的創傷仍未痊癒吧？我認為他和藉著與孩子們一同生活慢慢振作起來且積極展望將來的津村老師真是太不一樣了。然而另一方面，我也忽然想到，對了，津村老師完全沒有提過他妻子耶。仔細想想，關於津村老師的妻子是甚麼樣的人、以前有過甚麼樣的小故事，我們幾乎從來沒聽他提起過，透過大宮先生的敘述好像這才第一次認識那位夏子夫人。

——尊夫人不在了，您會寂寞嗎？

我忽然抓著攝影機，如此向大宮先生發問。其實我根本不打算問那種問題的。我突然冒出這個問題，可以感到田原先生在一旁大驚失色。明知待會搞不好會被罵得狗血淋頭，我還是咬牙把攝影機對著他。

大宮先生慢條斯理地轉向我，臉上還殘留著笑容，就這麼回答我：

「當然寂寞啊。難以忍受。」

——如果有甚麼話想對尊夫人說，請對著鏡頭表達。

田原先生當然不會放過這個機會，立刻對大宮先生拋出那個老問題。大宮先生似乎不假思索，毫不猶豫地筆直看著鏡頭說：

「請妳回來。就這樣。」

說完，就此陷入沉默。

我們也不禁被大宮先生感染，湧起一股情緒。仔細想想的確如此。除此之外，應該不可能有其他答案了吧。失去心愛的家人才短短半年，心情怎麼可能平復！我聽見背後傳來「嗤」一聲吸鼻涕的聲音，架著攝影機悄悄往旁邊一瞄，不知幾時已從門口回來的土井小姐，坐在餐廳角落也紅了鼻頭。

然後，就在我準備把視線回到攝影機的觀景窗時，我看到了。就在土井小姐身旁，倚靠餐具櫃呆站著俯視我們的津村先生那種表情！那種眼神，迥異於雪柳湖那次，和今天這一整天下來在我們面前流露的也不同。我想假裝自己壓根沒見到那種眼神，慌忙將視線躲進手邊的攝影機觀景窗。觀景窗中，可以看見大宮先生默默搖晃膝上的小女兒哄勸。啊，好心酸，好溫柔，真是好畫面啊，我如此衷心感到。然而，不管我怎樣安撫自己，內心深處彷彿有不可思議的火苗緩緩燒灼，令我不知如何是好。啊，好想拍。好想拍。可以的話我想神不知鬼不覺地拍攝此刻的津村老師。拍下他那拒絕與任何人分享、晦黯如鉛、不見絲毫光芒的眼中神色。

編輯

您好，即便在缺乏綠意的都市熱島效應的鍋底，隱約也有蟬聲嘶鳴。今年夏末的暑氣未消，不知您後來過得如何？

日前，在電視上看見津村老師的專題採訪報導。

早就聽您的經紀人岸本先生提起，您最近已慢慢建立新的生活步調，但我沒想到會發生那麼大的變化。

很高興能夠透過電視螢幕看見您如今神采飛揚，與夫人不幸逝世一個月後的模樣判若兩人，讓我首先鬆了一口氣。但，這只不過是基於長年來有幸與老師來往才產生的非關個人的感慨。接下來這封信我打算寫得很不客氣。因此，如果您是在心情不佳的時候拆閱，請暫時放下這封信，等到狀態更好時再重新過目也無所謂。不，我甚至要強烈建議您務必如此。如果冒犯了您，對您好不容易恢復健康的身心狀態造成不良影響，那絕非我的本意。或許您不相信，但我個人，衷心期盼老師能夠精神百倍，身體健康。然我身為老師的作家生涯中陪伴最久的編輯，如果隱藏真心話，我認為反而是不誠實的態度，因此鼓起勇氣提筆。還請您務必要理解這點。

至於說到我的真心話，如果我們互不相識，那個節目報導的是我從未見過的小說家，那我一定會毫不客氣地評為「無聊透頂的二十幾分鐘」。尤其節目尾聲宛如老師個人專訪的流利辯詞，我記得您提到小孩擁有不遜於大人的人格以及對您本身造成的意義云云，言詞平易淺顯且高尚，的確是很適合電視節目的說詞，但是很抱歉，如果我說您的字字句句都像是在哪聽過的假惺惺模範解答，不知您會如何反駁？

觀眾對於每天播出的新聞節目中的某一單元會抱著多大的期待，這我不知道，但是看到因為一場意外事故痛失愛妻的津村啟這位作家，在事隔半年後神采奕奕，過著沒有絲毫陰霾的健全新生活，領悟到事物的本質，不謹慎地說，甚至堪稱過著比之前更美好愉快的充實生活，人們會受到強烈的震撼嗎？如果您這麼以為，那我不得不說，您實在太遲鈍了。人類天生就喜歡欣賞別人痛苦的模樣。就算唱高調也沒有用。假設是極為健康的父母生下的「桃太郎」，活在和平世界裡不必揮劍斬妖除魔，也無須拿飯糰賄賂幫手，秉持互助合作的精神在社會上獲得成功，最後在親人圍繞下以高齡壽終正寢，這樣可喜可賀皆大歡喜的故事，連三歲小孩都不想看。這點您應該比任何人都清楚才對吧？和您迂迴曲折了半天實則內容空洞的長篇大論相比，那兩個孩子的父親不經意流露的表情及短短的三言兩語，反而更逼近真實，能夠讓人想像與現實搏鬥的痛苦，更加刺痛人心。恕我冒昧說一句，那人想必沒有哲學，沒有思考，也沒有領悟吧。在這場悲劇發生後，他沒有想過能夠從中得到甚麼感悟，只是赤手空拳以「被剝奪者」的身分與殘酷的現實對峙。然而，那正是那個人的勝利，也正是老師之所以敗北的原因。

津村老師。您現在沒有足以吸引他人的心理糾葛。我並非詛咒您的幸福。幸福是好事。但是唯有寫作者的心理糾葛，才能夠與人類無法解決的孤獨及絕望長相隨。我身為從事這個職業的人，始終如此相信。我並不是說您現在打造的生活是謊言。不，毋寧該說，其中必有您過去在您的家庭中始終無法得到的強大真理吧。但是如果以為只要為某種看似真實的東西奉獻，便可一筆勾銷過去的悲傷與失意，那純粹是心理錯覺。他們依然存在。而且那恐怕才是您的心理糾葛應該縱橫交錯的本來場所。您嘲笑把悲劇體驗當成生財工具是沒本事的人做的事，既然如此，您何不展現一下怎樣才是有本事的人親身經歷的悲劇？儘管您是出名的相貌英俊，您的表演舞台也不該是在鏡頭前。

請您寫作。請嘲笑我們到頭來只知這樣說的無能。然而，除此之外，別無其他。我只想說，請您寫出來。
隨時恭候您的大作。請保重。
八月二十五日

R出版社　文藝部　桑名弘一郎　敬上

謹致　津村啟老師

＊

衣笠幸夫抄起這封該死的信往地上砸了三次，要寫你去寫！他如此大吼三次。

＊

孩子們滿地亂跑的科學館大廳，「小燈，不要用跑的！」這個格外高亢響亮的聲音，來自衣笠幸夫。

整個夏天大宮陽一都過著南船北馬的生活。出門三、四天就回來還算是好的，將近一整個星期都不見人影也變得尋常。載貨之後去送貨，在每個定點接到通知然後繼續奔馳，有時甚至是從和出門時完全相反的方向踏上歸路。出門幾天後終於在縣內一早卸貨完畢上午回到家，就像死掉似的倒頭睡到太陽下山，醒來和孩子們共度短暫時光直到半夜，然後隔天清晨再次消失，這樣的生活日復一日，整個夏天幾乎都沒有好好休假，驀然驚覺時真平的新學期已迫近眼前。對大宮家而言，父母夏天無法休假並不罕見，再加上真平去補習班的次數也越來越頻繁，因此今年夏天就這麼匆匆過去了。但幸夫從托兒所接小燈回來的路上，每次與身穿五顏六色浴衣被父母或兄姊牽著手出門的同齡小孩擦身而過時，就會忍不住偷瞄小燈的側臉。但自己連駕照都沒有，也無法輕易帶小孩去太遠的地方玩，只好勸陽一就在附近玩玩也沒關係至少設法騰出半天空檔，於是四人就這樣來到市內的科學館。

然而，當四人並排坐下仰望天文館的圓形天花板，場內燈光熄滅後，頭頂上還沒映出星空，陽一響亮的鼾聲已經響徹靜謐的天文館內。幸夫只好在旁邊戳他，搖晃他，曲肘捅他，等到結束三十分鐘的影片走出館內時，面對表情愉悅的陽一，另外三人不約而同嘬起下唇。

陽一辯解，雖然感到抱歉但那點小家子氣的星空他早就看過太多了。就連縣內，只要去秩父那邊照樣看得見那樣的星空，甚至有比那裡更壯觀的地方。當他得意洋洋這麼說時，幸夫說：「可你連那個秩父都不肯帶我們去。」孩子們也跟著附和。

朝人潮擁擠的兒童科學現場表演探頭一看，穿著白袍的嬌小女性和與小燈同齡的男童並立，對著裝了透明清水的燒杯呼呼吹氣。一家子停下腳，看了一會之後，只見唯有女人的水漸漸變得白濁。女人放開吸管對觀眾發話：

「奇怪奇怪真奇怪，這到底是怎麼回事呢？我的燒杯裡的清水變成怎樣了？」

變白了！變濁了……觀賞的孩子們七嘴八舌紛紛揚聲說。

「沒錯，水變白變濁了。可是為什麼只有我這杯水變濁呢？其實啊，我的燒杯裡裝的不是普通的清水，是溶有石灰的石灰水。石灰水的特徵就是與某種東西混合後就會變白。你們猜，我的呼吸當中究竟含有甚麼成分呢？」

女人說著環視全場。有一隻眼睛有點朝內。

「好，那邊那位父親，你覺得呢？就是穿綠色T恤，罩著藍色格子襯衫的那位。」

或許是因為女人知道自己斜視的視線會讓他人搞不清楚她在看哪裡，於是她朝陽一的臉孔筆直伸出右手，明確說出陽一的穿著特徵。陽一霎時瞪大雙眼。

「怎麼樣？您認為是我呼吸中含有的哪種物質造成白濁呢？」
「報告老師！我不知道。」
陽一絲毫不遜於女人的開朗回答，令場內的大人們失笑。
「您肯定知道。我提示一下，這是種氣體，發音的一個字是『Ni』。」
「Ni……大蒜（Niniku）味的口臭！」
這次是孩子們放聲大笑。
女人面紅耳赤，「或許也有那個可能……」她先這樣應酬了一句就打算繼續說，但孩子們的笑聲產生連鎖反應，幾乎蓋過了她的聲音。小燈也哈哈大笑，真平低著頭，氣憤地嘀咕，是二氧化碳（Nisankatanso）啦。
女人只好掛著無奈又尷尬的笑容靜待場內恢復安靜，這時她的視線驀然停留在某一處。幸夫感到她的一隻眼牢牢注視自己。陌生人的目光逗留在自己身上時，通常他會主動撇開視線，假裝沒有察覺被人注意，但這次幸夫忍不住盯著那個斜視的女人。結果女人再次臉泛紅潮，慌忙轉過身去，然後不等場內徹底安靜就繼續表演。
「爸爸幹嘛講那種話？」

表演結束後，想當然耳，真平找陽一算帳。

在面對露天廣場的咖啡座，呼呼吹著可爾必思汽水給小燈看的陽一抬起頭。

「怎麼了？我當時只能想到那個嘛。」

「就算臨時想到的，也不可能是大蒜味吧！」

「嗯。我也覺得對不起那位老師。」

「重點是，恥度太大了啦。」

「小真，應該說『太羞恥』才對。」

幸夫像母親一樣插嘴糾正。

「哎呀，不要動不動就囉嗦。」

「你才是動不動就囉嗦。就算不知道甚麼二氧化碳也不會死。能夠警惕自己『嘴巴或許真的有大蒜味所以要小心』，對社會才更有用吧。」

「知道人類會呼出二氧化碳，所以要多種植植物，這種想法才重要！」

「你說甚麼？那是甚麼意思？」

「算了啦，不說了！」

真平說著，衝向孩子們聚集的廣場中央戲水場，小燈也像跟屁蟲似的蹬蹬蹬追過去了。

他那是甚麼態度啊。叛逆期嗎？陽一幽幽朝著對面的幸夫抱怨。

「小雪在的時候，他從來沒有那樣頂撞過我。」

「是年齡的關係啦。這很自然。那個年紀看甚麼都會變得不順眼。而且他拿你出氣，不也證明了他對你在精神上的依賴越來越強嗎？」

「可是最近，我只要一提到小雪他就很反感。」

「不是每個人都能像你一樣一根腸子通到底。他也有他的心結。在他與母親的關係之中。」

幸夫想起那天晚上真平含淚吐露的心聲。

「人是很複雜的。不見得留下的都是樂於想起的回憶。」

「那就可以忘記嗎？他打算忘記嗎？一輩子就只有一個母親耶。」

「不是這樣。不是那個意思。」

「我小的時候我媽就死了，大家漸漸不再提起我媽，讓我心裡難過得要命。大家的態度簡直好像當她完全不存在似的。」

陽一語帶哽咽後，埋頭啜飲杯底殘餘的可爾必思汽水，順便把鼻水也窸窸窣窣吸回喉嚨深處。

「我好想跟小雪說話。我想知道她是怎麼看待和我們的生活。我想問她，這些年快樂嗎？有沒有後悔過？那樣死掉，不知她現在做何感想。」

「可是，你不是一天到晚都在佛壇前和小雪講話嗎？」

「對呀。有很多事向她報告。只要說出來，就會感覺她正在傾聽。可是，她想說甚麼，老實講我還真不知道。因為不知道所以我就自己猜想了，有時會往好的方面想，有時會往壞的方面想，完全沒有根據。」

幸夫內心已經開始退縮了。只要提起小雪，陽一總是這個調調，一而再，再而三重複同樣的說詞，無論如何鼓勵他、勸慰他都無效，從來不見他稍微收斂。但陽一把幸夫當成這世上唯一同病相憐的人，深信不管遭遇甚麼，彼此都是能夠產生共鳴的好夥伴。

「幸夫，說到這個，我們社長夫人認識的熟人說，有個尼姑可以聽見逝世者說的話，那個熟人，據說也在尼姑的幫助下和死去的兒子交談。從此之後心情就變得非常輕鬆——」

「你到底有完沒完！」

幸夫終於忍不住怒吼。被他的大嗓門震懾，陽一不由得乖乖閉嘴。

「你到底想怎樣？那樣做有甚麼用？聽到死人說話又怎樣？我是小雪喔，和陽一你們在一起很幸福，孩子們都是乖孩子，媽咪很愛你們喔——只要靈媒這麼說你就滿足了？小雪的人生已經畫上休止符了。你已經甚麼都不能替她做了。我們已經無力去改變了。無論你有甚麼後悔，都已經太遲了。」

「可是幸夫，你不會耿耿於懷嗎？」

「不會！」

「你不想和小夏當面說說話嗎？我很想耶。」

「小真的反應是理所當然。陽一，你打算永遠都那個調調嗎？」

「甚麼永遠，不也才半年而已。」

「已經超過半年了。馬上就七個月了。」

「還不是差不多。」

「陽一。我聽了大半天下來你在意的好像只有小雪，似乎完全沒看見孩子們的現在。小真這次夏季全國模擬考考了第幾名，你記得嗎？暑假自由研究作業他選擇調查甚麼題目，你知道嗎？小燈在幼兒園最近和誰比較要好，你知道嗎？或許你認為這些都是無關緊要的小事，但孩子的童年只有當下這一瞬喔。」

「……幸夫你好厲害。小雪也跟我講過同樣的話。」

「看吧，又是小雪！」

「啊。」

「別看他們年紀小，心裡想必也有很多不安。這是理所當然的。誰能夠真心忘記自己的母親。可是他們沒有露骨地表現出思母之情，那是因為他們怕影響到在外工作的你。你真正應該面對的，不是過世的小雪，是還活著的小真和小燈才對。就算難受，還是必須在哪毅然割捨。如果老是沉緬於回憶導致疏忽了兩個孩子，你認為小雪會希望看到你這樣嗎？」

嗯——陽一沉吟著緘默不語。幸夫越講越起勁。

「我能夠這樣照顧孩子的時候還好，可是明年起你要怎麼辦？」

「啊？明年你也繼續來不就好了？」

陽一朝他投以毫不置疑的眼神。幸夫四兩撥千金似地嗤鼻輕笑一聲。

「你也拜託一下好不好。小真上中學以後就不用再上補習班了，那我應該也沒必要再來了吧？」

「為什麼？」

「這還用問嗎！今年是因為有很多突發狀況所以才暫時這樣安排，從明年起我也不可能像現在這麼悠哉。出版社還在等我的連載呢。」

「你以後不來了嗎——」

看著陽一露出小狗狗被命令看家時的表情，幸夫心裡悄悄滿足了。有種被人拿羽毛輕搔肚皮內側的愉悅。啊，說了。終於說了。不只是堵住了陽一一天到晚小雪長小雪短炫耀夫妻情深的嘮叨，終於也讓陽一本人知道他的厲害了。這一家的生命線，如今已由幸夫取代小雪掌握在手中了。陽一能夠維持小雪在世時一樣的步調繼續東奔西走，能夠這樣嘮嘮叨叨長吁短嘆，也全都是因為有幸夫替他照顧家庭維持平衡不是嗎？這傢伙有哪一點像是「赤手空拳與殘酷的現實正面對峙」？支持他度過殘酷現實的是我。虧他好意思說甚麼「你繼續來不就好了」！你跩個屁啊。

幸夫斜眼瞄著已經完全陷入沉默只是不停眨眼的陽一，正在盤算接下來應該如何出招，是要丟顆糖果還是給他一鞭子時，「不好意思，打擾兩位說話。」一個女人的聲音從背後傳來。陽一抬起眼，幸夫也跟著仰望自己的身旁，眼前站著的是之前那場科學表演的白袍女子。女人深深一鞠躬後抬起頭，但光看她不可思議的視線實在難以判定她要找的究竟是陽一還是幸夫。

她還沒開口，陽一就搶先道歉：「老師，剛才不好意思。」她舉起手拚命搖手，不敢當，謝謝您的配合。然後一再鞠躬。看樣子並非為了大蒜發言來興師問罪。如此看來，她感興趣的果然是津村啟嗎？幸夫微微嘆息。果然她結結巴巴說聲「不、不、不好意思」後，明確地把身體轉向幸夫，開始娓娓道來。

自稱津村作品粉絲的她，據說今年初春在新宿咖啡店偶遇幸夫時曾經主動上前表達過哀悼之意。因為眼看著自己的妹妹因為丈夫病故一蹶不振，所以一時衝動上前搭訕，但她說事後每次回想時都覺得很懊惱，在津村老師痛苦的時候想必只是打擾。「沒想到今天會在這種場合見到老師，我想起之前電視播出的紀錄片，當下心想，啊，您是跟那兩個孩子一起來的。」她神情亢奮地說，但幸夫很受不了。那種話題根本不重要。在新宿相遇的事情也是，被她這麼一說好像的確看過這個斜視的女人……但頂多也只有這種程度的印象。正當幸夫決定不管怎樣先打斷她的敘述時，陽一突然大喊「太厲害了！」然後露出令周遭眾人側目的神情追問她看完節目有何感想：「妳覺得怎麼樣？怎麼樣？」之前那種垂頭喪氣的模樣簡直像是騙人的。

「啊，是，非常感動。」

「真的假的？」

「我自己也看不過去妹妹終日沉浸在悲痛中無法振作的樣子，但是聽到津村老師在節目中講的話，心情真的一下子變得很輕鬆。『如果沒有這次訣別，我也不會有機會面對悲傷。親人的死很痛苦，難以接受，幾乎迷失自我，但我不想勉強忘記她——』」

她開始流利地背誦幸夫講過的話。幸夫偷瞄陽一的臉色，卻見陽一傻呼呼張著嘴聽得入神。他已經忘記就在剛才幸夫還叫他割捨對小雪的思念嗎？抑或，這個男人表面上裝得心悅誠服，其實早已徹底看透幸夫的言行不一？許是察覺幸夫的注視，陽一筆直朝他轉來的漆黑眼眸，猶如空洞沒有任何表情，只是緩緩壓迫著幸夫。

「『——我想與妻子的死亡共存。我想繼續思考下去。一邊思考，一邊度過我剩餘的時光——』」

「夠了。真是驚人。沒想到妳記憶力這麼好。哪像我，工作結束就忘個精光。寫完的稿子如果不徹底忘記，就無法寫下一篇。」

「啊，是。」

是妳個頭啊！幸夫對這女人的愚直感到惱火。自己憑甚麼非得被這種女人追著不放。為什麼這種人只要自己覺得好的就深信別人必然也覺得好。而且這種人居然還是自己的粉絲！

「不是我要潑妳冷水，但現實和創作是不一樣的。不可能像我寫的世界那樣運行。就算自己的實體追不上，這裡還是會自行行動。」

說著，他做出滑動自己筆尖的動作給她看。

「還有，上次新宿的偶遇請完全不用放在心上。被您叫住，我記得當時我也很高興。不過我想您應該也明白，現在是我的私人時間。當時固然也是，現在也是。必須聽您講您的感受及家庭私事會很困擾。」

她的表情頓時轉為不勝惶恐，鞠躬道歉說，真是太不好意思了。

爸爸，快來！小燈呼喊父親的高亢嗓音，從戲水場那邊傳來。她在和真平嬉鬧，衣服已經濕透了。幸夫轉向那邊，大聲說「馬上就去」，起身之後，再次朝她搭話：

「如果有這個心思支持我，能否請您放過我不要打擾我？這樣的話，我想我應該也能很快寫出讓您滿意的作品。」

對、對、對不起！她再次面紅耳赤地侷促行禮。年紀看起來應該早已過了三十歲，體型卻像發育不良的國中男生，絲毫感覺不到她那個年紀應有的優雅溫婉。這個人，可曾嘗過男人的滋味？幸夫甚至雞婆地如此替她操心。陽一身上，和這個女人身上都有一種與年齡不符的純真，讓幸夫更加反感。打著沒有惡意的名義，毫無顧忌地侵入他人的領域或內心陰暗部分，會讓人心情暴虐。自己只要揮下反擊的利刃，對方無力招架肯定會受到重創，華麗地血花四濺。為何會被她激出這種心情？幸夫恨不得盡快逃離這個地方。

「啊！對了。這個人，就是那個電視節目裡出現的父親喔。」

幸夫敷衍地撂下這句話，隨即快步衝向孩子們所在的廣場。

途中一度回頭，可以看見二人隔桌對坐，狼狽又不自在地互相鞠躬。無論是不會看人眼色的科學老處女，或是對死掉的愛妻拖拖拉拉留戀不捨的陽一，幸夫都已受夠了。陽一煩人的絮絮牢騷讓人想起來就火大。幸夫覺得，有那個閒工夫毫無建設性地唉聲嘆氣，還不如乾脆勾搭那女人彼此互相慰藉算了。哈哈哈。很登對很登對。幸夫如此想著，再次面向前方，筆直朝兄妹倆的戲水場跑去。

穿梭在地面噴起的細長水柱之間早已渾身濕透的小燈，欣喜的笑顏很燦爛。整個夏天忙著念書備戰，比起其他孩子更顯蒼白的真平，也開心地露出白牙，彷彿一下子小了好幾歲。無論誰來講風涼話潑冷水，自己現在擁有這種穩固的關係。比起自己在陽一心目中的地位，自己在這兩個小小友人的心目中成了救生繩索，這點更加帶給幸夫勇氣。這是十幾年汲汲營營只顧著在意他人的毀譽褒貶卻不曾得到的感覺。幸夫甚至覺得就此被世人遺忘也無所謂。如果天崩地裂，大家就算看他的小說再怎麼入神肯定也會當下把書一扔趕緊逃命。就連那個女人，肯定也會踩著扔下的小說倉皇逃走。若是以前的幸夫，在大家逃走後，除了獨自被眾人扔下的成堆無用小說絆住腳呆然佇立之外一籌莫展。但是現在不同了。有兩個小生命等著幸夫丟下筆跳過電腦上方去尋找。有聲音呼喚幸夫。幸夫要握緊那細弱的小手，然後一起逃命。只要有兩個小傢伙在，即便是自己，也有逃生的權利。有一個好理由足以活下去。

半年前在死者家屬說明會上看到的大宮陽一那種野獸般的咆哮，對當時的幸夫而言只是最讓他退避三舍的麻煩，可是現在這兩個孩子如果有甚麼三長兩短，他覺得自己一定會毫不猶豫地抓起爛芒果去砸人，任由鼻水拖得老長。不，說不定，甚至會做出更大膽的舉動。若是以前的自己大概會笑死吧。想笑就笑吧。前所未有的濃烈血液正在幸夫的體內沸騰。他覺得衣笠幸夫到目前為止的人生，唯一徹底欠缺的那片拼圖，此刻終於完美嵌合了。

因為得到了愛。

幸夫在口中如此嘟囔，把腳上的鞋子脫下隨手一甩，穿著衣服就衝進戲水池。儘管沒帶換洗衣物也毫不猶豫，三人都玩到連內褲都濕透。本來互相推推打打的兄妹，面對幸夫時團結得不可思議。二人聯手把水潑到幸夫臉上，幸夫甚至來不及抹去水花，氣喘吁吁的窒息感，以及清涼的舒適感中，兄妹倆如小鳥般婉轉的笑聲彷彿永不結束的錄音帶在幸夫的耳畔回響。這就是天堂嗎？抑或——幸夫腳步踉蹌勉強把眼睛睜開一條縫，只見遠處咖啡座的桌前，陽一孤單被拋棄的身影充滿水光。陽一的對面已經空無一人。伴隨小燈清脆如滾珠的聲音，水花狠狠砸上幸夫的臉孔正面，他不禁再次緊閉雙眼。這裡就是天堂。

衣笠幸夫，好像得到了愛。

*

過了一陣子後的星期六，出門三天才回來的大宮陽一，在公司把貨車換成自家車後，接了在市立圖書館等候的孩子們就開往國道旁的家庭餐廳。自從衣笠幸夫一周會有二次在家開伙弄東西給孩子吃後，陽一再也沒有下過廚。這樣一家三口共度的日子，多半是吃便當店賣的熟食或出外上館子。

在女服務生的帶領下走到店內後方的四人座時，小燈用指尖戳戳父親的手肘。陽一朝只有自己腰部那麼高的女兒視線前方看去，不禁大喊一聲：老師！

隔壁的二人座，正在垂眼看科學專業雜誌的鏑木優子，吸到一半的鍋燒烏龍麵就這樣掛在嘴邊抬起頭，隨即瞪大雙眼。淺橘色連帽外套配牛仔褲的她，比起穿白袍時顯得年紀更小。

「晚安。」哥哥打招呼，於是妹妹也小聲跟著問好。

「府上……對了，就是在丸木町是吧。」

「啊，啊，是。上次真的很不好意思。」

硬生生將嘴裡的烏龍麵吞下去，鏑木優子半抬起腰，一次又一次鞠躬。

「哪裡，是我們耽誤了老師。後來的表演，結果及時趕上了嗎？」

「沒問題。不過，寶特瓶火箭的發射又失敗了。」

「我看到失敗二次。」小燈開心地說，「是啊，各位來參觀的那次，是二次失敗呢。」

鏑木優子尷尬地回答，陽一聽了，哈哈大笑。

孩子們挑選愛吃的東西，父親叫了無酒精啤酒，一家三口和鏑木優子比鄰而坐一同用餐。望著真平翻開給她看的補習班數學講義，她像要咀嚼喜悅般頻頻點頭。

「很簡單嗎？」真平問，「不，我想應該算是很難。我是在回想，以前我六年級的時候可曾做過這麼難的題目。」她回答。鏑木優子在這附近土生土長，小學的時候據說上過和真平一樣的站前補習班。

「我那時候，說到補習班就只有那一家。很老舊，樓房到了冬天特別冷。不過，講義是同樣的顏色。」

真平詢問鏑木優子以前念的中學是哪一家，當下驚呼「太厲害了」，他向父親和妹妹解釋，在縣內的女校中，那是首屈一指的私立名校。她渾身發癢似的脖子一縮，忽然反問，「真平想念哪一所中學呢？」真平略為遲疑後，傾身向前越過桌面對她耳語。鏑木優子說，「哇，那可不容易喔。」報以一笑。她笑的時候，兩頰露出小酒窩。

小燈對於這頓有意外客人加入的晚餐非常興奮。真平翻開數學及理科講義向鏑木優子問問題時，小燈也毛毛躁躁坐不住，每次來這家餐廳必然會點的咖哩起司焗飯，今天幾乎完全沒碰幾口。

鏑木優子去上廁所時，小燈拽著大口吞嚥炸豬排的陽一手臂說，你看，你看，你看，硬是讓父親把臉扭向自己，然後兩眼的眼珠猛然擠到中間，說，「那個人。」

小燈等待父親一如往常的大笑。這可是她使盡渾身解數的拿手表演。在科學館第一次見到鏑木優子時，她就覺得那雙眼睛很不可思議，從此一直在家中對著鏡子偷偷練習。當她在托兒所的同學面前表演這招時，大家都很驚訝，紛紛模仿。可是，這次她等了半天也沒聽見父親的笑聲。哥哥也沒吭聲。怎麼回事？她讓兩眼恢復正常後才發現，父親的臉上已完全失去血色。

「妳再做一次試試。」

陽一低沉的聲音，如利刃刮過小燈柔軟的下腹。

「我叫妳再做一次試試！」

小燈最最討厭父親這種說話方式。到底怎麼了？莫名其妙就用那種說話方式嚇唬人家。自己明明表演得這麼有趣，到底哪裡錯了？有哪一點不滿意？奇怪的明明是你吧。小燈再次湊近陽一的臉，表演鬥雞眼給父親看。

小燈霎時暗下的視野，只透過眼角餘光看到炸豬排定食深綠色的托盤上，黑色的筷子散落。其中一根筷子砸到桌角反彈後又掉到地板上，當她目睹那一幕驚呼的瞬間，身體已伴隨某種破裂的聲音飛向沙發椅背。對面的位子上，哥哥臉色鐵青看著自己。不知幾時已從廁所回來的鏑木優子，也愣在走道上露出和哥哥一樣的神色。左臉頰開始感到撕裂般的痛楚。小燈這才醒悟，自己被父親打了。然後她就像拿腦袋去撞桌子似地往前一趴，把雙手可及的範圍內所有盤子杯子全都一股腦揮開、剷平，發出刺耳的聲音哭號。越哭左臉就越感到發麻似的痛楚。

真平嘆氣。笨蛋。我的妹妹是笨蛋。發現父親的聲調驟變時，為什麼不趕緊打住。明知繼續下去只會有悲慘的結局，卻對自己毫不懷疑，一旦決定前進就勇往直前，結果傷到自己也傷到周遭的人。這是妹妹和父親極為相似之處。本來氣氛正融洽，這下子今天這場聚會也搞砸了。不過老實說，這並非真平第一次看到小燈表演那個。四、五天前兄妹倆洗澡時，小燈就曾像剛才那樣突然表演鬥雞眼。真平當時忍不住笑出聲。小燈問他會不會，他說「當然會」，自己也表演鬥雞眼給小燈看，小燈笑得幾乎把腦袋撞上浴缸邊緣。作夢也沒想到，她那是在模仿科學館的老師。如果知道的話，我肯定——我根本沒有任何手段可以防止這種事態。聽著妹妹的哭聲，哥哥定定垂眼看著膝蓋。

「你真的作夢也沒想到？」好像聽見母親的聲音這麼說。

是真的喔。不騙人。真的連作夢都——

比起父親和妹妹粗魯的倔強，母親更討厭我內心這種卑怯。這麼一想，耳垂忽然熱如火燒。

小燈的粉紅色小洋裝，膝蓋以上染上潑灑的葡萄汁顏色。鏑木優子試著拿小毛巾替她擦去污漬，但污漬相當頑強，小燈痛苦地想停止抽噎卻怎麼試都止不住。父親只撂下一句「沒關係啦！老師，妳不用管她」，撿起筷子自顧著狼吞虎嚥剩下的飯菜，哥哥也同樣低著頭不肯開口。無奈之下，鏑木優子說「用水洗洗看吧」，讓小燈從沙發站起來，牽著她的小手，帶她去女廁。

讓脫得只剩小內褲的小燈在單間廁所中等待，鏑木優子獨自在洗手台前仔細搓洗洋裝。葡萄汁的顏色已經洗掉了，倒是更早之前沾到咖哩起司焗飯的顏色，怎麼洗都洗不乾淨。她沾點洗手乳，用指尖拚命搓揉時，「老師，妳還在嗎？」單間廁所內傳來細細的聲音。

「在，我在喔。」

「我可以出來嗎？」

鏑木優子脫下自己的開襟外套讓小燈披在身上。終於停止哭泣的小燈，看著洗去汙垢的小洋裝，像是終於覺得滿意似的點點頭。二人拎著洋裝的兩端，一邊用烘手機的熱風吹乾衣服，一邊玩接龍。燈，蘋果，猩猩，蕗蕎，海，耳朵，水，松葉蟹，肉，國家，日記，記者，寄居蟹，陸橋，黑尾鷗，無尾熊，駱駝，橘色，樂雅樂餐廳，朋友，獵豹，丈，小氣，地球，游泳圈，側邊，立正，長頸鹿。鏑木優子落敗。小燈笑了。

「小燈，妳爸爸到底為什麼發脾氣？」鏑木優子問，小燈支支吾吾半天，最後叫鏑木優子發誓看了那個絕對不生氣而且也不會告訴父親後，在一瞬間做出鬥雞眼給鏑木優子看。

「哇，妳好厲害！」

鏑木優子驚呼。小燈立刻垂眼，「因為我練習過。」她說，鏑木優子聽了噗哧一笑。然後感慨地說，「原來妳爸爸以為我會受傷啊。」

「為什麼？」

「我的眼睛很有趣吧？可是如果有人拿這個開玩笑，他擔心我也許會受到心靈創傷。」

「那妳受傷了？」

「哪會啊。我的眼睛本來就是這樣。不過，我也不確定。如果妳爸爸看到妳的模仿笑出來，或許我真的會受傷。」

「那我被打是應該的？」

「沒那回事。」

「我以後不會那樣了。」

「謝謝。害妳挨打，很痛吧。」

「已經不痛了。」

終於吹乾的洋裝套到頭上，頓時飄來洗手乳的氣味。每次小燈自己穿的時候總是沒扣上的背後小鈕扣，現在鏑木優子替她扣上了，然後一邊替她整理掀起的裙襬，一邊說，「啊！妳的小褲褲有破洞。」

小燈回到位子後，另外三人有耐心地等她把起司已經冷掉硬化的咖哩起司焗飯吃完。走出餐廳時，小燈指著澄澈的夜空中早已高高升起的月亮說，「滿月！」鏑木優子說，「還差一點。再過二天才是十五月圓時。」陽一說要順路去她家附近的UNIQLO逛逛，不如坐他們的車送她回去，但鏑木優子指著腳踏車停車場的水藍色腳踏車給他們看。她口中那輛已經生鏽羞於見人的腳踏車，好像是鏑木優子母親的，的確已經很老舊就算有心奉承也談不上漂亮，一踩踏板就會喀搭喀搭發出噪音。那個噪音漸漸遠去，最後被國道上奔馳的車聲掩蓋，她的身影也看不見了。小燈一直在揮手，每次風吹來，洋裝還有點潮濕的地方就會冰冰涼涼地貼上小燈的肌膚。車子抵達UNIQLO時，已經快到打烊時間，三人慌慌張張奔向童裝區。真平抓起襪子，小燈最近也覺得屁股卡得很緊，所以決定買大一號的小褲褲。

我

然後那天平淡地來臨。

十月的第二個星期天。小真的運動會。我前一天晚上就睡在大宮家，一大清早和陽一聯手製作有生以來的第一個便當，帶著小燈一起去學校。小真的接力賽跑看起來毫無勝算，多虧看起來就很敏捷的那二個領先的小孩一起摔倒，才讓他意外地第一個跑回終點。我們三個當下樂瘋了，乾巴巴的炸雞塊和整坨砂糖沒化開的煎蛋捲也沒那麼難吃了。五、六年級一起表演大會操時，看著孩子們一個一個疊羅漢越爬越高，陽一又想起了小雪，在旁邊哭哭啼啼讓我很受不了，但是望著小真在疊羅漢中段和同學搭著肩拚命保持平衡的背影，我也同樣心口發熱。

這樣美好的一天，我們決定用火鍋派對來結束。說好了要大家一起去買菜，大家一起準備，一邊回顧之前的運動會一邊吃火鍋。為此我還從家裡搬來一整箱中元節人家贈送的燒酒。可是不知為何，那個科學館的女人居然也來插一腳。

「鏑木老師說她可以來。」

回家之後正忙著準備火鍋的材料，檢視手機收到的信件後，小真用大家都能聽見的音量說。

鏑木老師？那是誰？

見我愣怔不明所以，小真和陽一互相怪罪對方沒解釋清楚。據說，是周五晚上小真打電話給那個人請教數學題目時，順口提到了今天的火鍋派對。為什麼要告訴她？重點是，為什麼對那人的電話號碼那麼熟悉？就算他們解釋了半天，我還是一頭霧水。

「她是幸夫的粉絲，所以我想她可能也有很多話想跟你說。」陽一如此表明邀請對方的理由。原來如此。她或許是這樣想。但我這廂可是一點也不想跟她說話。看樣子，在我不知情的時候，這家人已和她走得很近了。我介意的是為什麼之前從來沒有任何人打算告訴我這件事。是覺得不值一提？或者，是有甚麼不便啟齒的感情作祟？

不等火鍋沸騰我就打開燒酒，空腹連灌了兩三杯。陽一說明天一大早就要出門送貨，所以滴酒不沾。老實說我心裡很不是滋味。等到她出現時我已經喝得醉醺醺了。她照例點頭如搗蒜一邊鞠躬一邊入座。我心想，這女人還是一樣土氣且毫無女人味。實在不好玩。但我還是繼續抱著隱隱期待。她來大宮家的真正理由，說穿了該不會只是想藉機和我拉近關係吧？這種粉絲心理真是傷腦筋。但她就座安頓下來後，完全沒有提起我作品的意思，只顧著傾聽孩子們興奮報告今天一天的種種，為之表現出驚訝或老實地附和。真沒意思。

我已經陷入甚麼都看不順眼的狀態。火鍋的味道也很廉價。蔬菜的切法也太醜，扇貝吃起來像橡皮，鱈魚的骨頭太多。燒酒也虛有其表一點也不好喝。陽一很粗俗，孩子們很吵，那女人也是個醜八怪。

不過話說回來，小真姑且不提，連那個向來謹慎的小燈都對她毫無戒備，彷彿把她當成親戚阿姨還是甚麼似的態度非常親熱。這是為什麼？到底被這女人灌了甚麼迷湯？但那個看起來不可能灌迷湯的女人木然的表情，讓我心情更加黯淡。可惡的女人。該死的女人。只不過是因為她是女人。我忽然感到，自己出入這個家庭的五個月時光，好像在瞬間被顛覆了。

我再次深深感到。小孩實在很現實。而且絲毫無意掩飾他們的現實。有人說孩子是沒有私慾的純真生物，但那只是經濟觀念的問題，對於可以讓自己快樂的利益，他們比大人更貪心，也更不知謹慎。只要為了自己舒坦，就算無視對方的心情甚至加以踐踏也毫不猶豫。沒有任何人情道義可言。尤其對象是大人時，他們完全不知手下留情。如果那叫做純真，那我承認他們的確很純真。一如動物。而且說到像動物，無人能與他們的父親比肩。

「人家告訴我一個好消息喔，幸夫。」陽一的眼神就像小狗絲毫不懷疑主人的愛，如此開口。「鏑木老師的爸爸媽媽喔，在市公所辦的活動喔，說是甚麼代為照顧小孩的服務，他們有參與喔。」

「我完全聽不懂你在說甚麼。」

我沒有正眼看陽一，吧嘰吧嘰繼續咀嚼嘴裡剩下的扇貝。

「啊，啊，那個，那是本地自治團體贊助的地區性育兒支援活動啦，我爸媽也參加了，當家長不在時，可以暫時把小孩送來我們家代為照顧。那個……因為他們退休了，閒著也是閒著。」

她插嘴聲援。眼睛的焦點還是一樣飄忽不定轉來轉去，但不知是否因為平日習慣在大眾面前教授知識，一旦開口就口齒流利，倒是一點也不含糊。說不定外表看來羞澀，其實內在非常堅毅。

「鏑木老師家好像離托兒所好像也很近。」

「那又怎樣？」

「該怎麼說……」

「那種方式要花錢，我記得你不是說過你家無法負擔嗎？上次你還明確地說過，不至於去依賴那種方式。」

「所以說那是明年的計畫嘛。而且幸夫你不是說你會變得很忙碌，我想等到緊要關頭再拜託看看。況且遊覽車事故的賠償金好像也要發下來了。」

這種說法簡直像是被我逼得迫不得已似的。因為我沒空所以就找這個人嗎？也不管對象是誰就這麼毫無節操地把孩子交給別人。已經完全索然無味的扇貝，被我呸的吐到小碟子上，我開始對她發動攻擊。

「接送小孩要怎麼辦？這位老兄可無法接小孩喔。他連著三、四天不在家是常有的事。」

「是啊。我們的自治團體原則上好像都是由家長自己接送孩子，因此是否可以讓我爸媽開車接送，我想這個還要和上面的人討論一下。」

「啊，啊，開車？呃，冒昧請問一下妳爸媽貴庚？」

「呃，我爸七十四歲……」

「拜託！讓年過七十的人晚間開車載著小孩，這樣子妥當嗎？你們說是不是！妳說呢？小燈，妳敢坐嗎？是不認識的老爺爺開的車喔。」

「那個……如果真有需要的話，我自己好歹也會開車。」

我當下啞口無言。這時小真從旁插嘴：「那單車雙載的話，要從幾歲開始比較好？」怎麼連你這小子也來攪局。你打算騎著淑女車單車雙載，去這女人的家裡接送小燈嗎？話說回來，你都不在乎嗎？陽一和鏑木老師針對單車雙載的年齡限制，這也不行那也不是的認真審議。啊，越來越狹仄。我的容身之地，越來越狹仄。我已完全無力。連戰鬥的意志都快垮了。但在這樣的我身旁還有另一個人對這話題早已感到無趣，天真爛漫的炸彈，就此引爆。

「老師，妳家有小孩？」

「對。偶爾會來。」

「是老師的小孩？」

「不，不是的。是幫人家照顧。」

「妳沒有小孩？」

「我？我沒有。」
「為什麼？」
「這個嘛……我還沒有結婚呢。」
「為什麼？」
論及純真，鏑木老師絕對不遜色，但碰上這種問題似乎命中要害，只見她露出困窘的笑容。「哈哈，妳問的問題好犀利啊小燈。」我這麼一笑，這次小燈扭頭朝我筆直看過來。
「有甚麼犀利的？幸夫呢？為什麼沒有小孩？」
「好了啦。這世上有很多妳不懂的事情。」
這還真稀奇。陽一居然會投出牽制球。可見他是真的覺得踩到地雷吧。用不著在意。我無所謂。
「哪裡不懂？」
「這個嘛小燈，因為就算有小孩，也不見得是好事喔。」
可以感到餐桌的空氣頓時變得古怪。就連孩子們也明確接收到我說的話。
「小孩會剝奪時間，會花錢，必須做出很多犧牲自己的事。對吧？陽一。任性。自大。不知體諒。讓人家花費大把心思照顧，卻無法照著人家的期望長大。甚至還有些小孩把父母的人生弄得亂七八糟。沒有小孩的人，在各方面都會減少很多風險。風險妳懂嗎？就是危險。吃虧。受傷。」

「別說了。」

陽一打斷我。誰理你啊。

「基本上，並不是只要結了婚甚麼都不用做自然就會有小孩喔。小燈。」

「你在說甚麼啦幸夫。」

「也可能生不出來。也有人是不想生。我呢，是基於自己的意志不生。我不想要小孩。」

我順便問鏑木老師：

「妳喜歡小孩嗎？」

「啊，啊，是。我喜歡。」

她的聲音雖然有點顫抖，卻很明確回答我。

「噢？無論是甚麼樣的小孩都喜歡？」

「甚麼樣的……」

「這世界上有各種性格的小孩子對吧？而我，終究不是那種可以包容一切的脾氣。即便看這社會上，也不見得人人都會愛自己的親生骨肉。欸，我問妳，對於製造自己的小孩不覺得猶豫嗎？想到自己的小孩將來會變成怎樣，妳難道不曾害怕過？」

「——小夏怎麼說？」

突然間，陽一低聲問。

「啥？」

「我問你小夏是怎麼說的！她難道不想要幸夫的孩子嗎？」

甚麼？你在說甚麼？

「她才不想要咧。她自己都招架不住小孩。她還斬釘截鐵說過，她欠缺母性。」

「你真的這麼想嗎，幸夫？」

「本來就是真的。」

「小夏她呀，和我們在一起時，講的話題十之八九都跟你有關。雖然我那時根本沒有見過你。她總是說幸夫喜歡這個，幸夫討厭這個，幸夫這麼說過，若是幸夫一定會這麼做……每次都是。而且她看起來非常開心。」

「——就算是這樣又怎樣！」

我的聲音顫抖。夠了，我不想聽那種話題。

「那和小孩的事有甚麼關係。基本上那到底是甚麼時候的事。就算她曾經那樣想過，想法也是會改變的。無論是親子，夫妻，朋友，昨天和今天不就已經不同了嗎？難道不是嗎？」

已經不愛了。一點也不。已經不愛了。一點也不。已經不愛了。是誰不愛了？我嗎？不愛妳嗎？為什麼？妳為什麼要那樣說？

「我還沒有天真到以為只要是女人就理所當然想替老公生孩子的地步。難不成怎麼著？她又背著我跟你們說了甚麼？說她其實很想要孩子？是她這麼說的嗎？」

「這個問題不該問我，幸夫。你找錯對象了。你們夫妻到底一起生活了多少年？你看著小夏看了多少年？誰才是她老公？不是我們，是你才對吧。我們怎麼會知道。」

「『我們』長『我們』短的，你們算是哪棵蔥！我問你，你跟我老婆有一腿嗎？啊！」

說了也毫無意義。但我的嘴巴，冒出那種話。

陽一砰地大動作站起。感到殺氣的我連忙脖子一縮，雙手抱頭，但陽一只是保持那個姿勢俯視我，「你知道你在誰的面前講那種話嗎？這是我和小雪的家！」他低聲咆哮。

我非常尷尬。我放下護住自己臉孔與腦袋的雙手，「說得也是。迄今，這裡仍是賢伉儷的愛巢嘛。」說著，我對鏑木老師裝瘋賣傻地使眼色，但她那雙總是不知在看那裡的眼睛，像木雕人偶一樣變得僵直。

吱吱吱……傳來低吟，叮，叮，叮滴囉，叮叮，伴隨音樂鐘的聲音，宣告九點整的人偶出來跳舞了。陽一長嘆一聲，再次坐下，直到剛才還很活潑的小燈，扭頭不肯看我，把臉埋進父親的懷中。小真垂眼盯著膝蓋，好像還在繼續咀嚼放進嘴裡的東西。跳完舞的小人偶們，又退回時鐘內後，唯有湯汁減少的火鍋咕嘟咕嘟熬煮的聲音爬過室內。

「氣氛好像變得怪怪的。我看今天我還是先回去了。我大概有點喝多了。」

我說著，起身離席。

——說得好像都是酒精的錯似的。

某人的聲音在腦中響起。吵死了。給我閉嘴。頭好痛。

喝得一片狼藉就逕自走人，但我只是沒啥誠意地口頭道個歉，然後就拚命踩著踉蹌的腳步走出玄關。走在社區的走廊上，陽一忽然從後面追上來，半強迫地把我塞進車子送我到車站。

抵達車站圓環前的那二十幾分鐘車程，我倆幾乎沒開口，但我知道，陽一並非在憤怒驅使下來追我。也不是在等我開口道歉。他只是難以理解我為何會那樣突然爆發惡魔本性，這令他心痛，同時好像也有點擔心我。他認為我只是一時心情欠佳，而且打算用這個理由不再追究。我還沒有笨到連那個都察覺不出來。

但正因為我察覺了，我更想揪著他窮追猛打，對他珍惜的一切都做出愚弄的舉動。我突然試探著說我下個星期二不能來。我傲慢地放話說不要把我來幫忙當成理所當然。不然你去找那個醜女人幫忙好了。虧你好意思說那是你和小雪的家。都已經讓新情人登堂入室了。我斷定陽一已經和鏑木老師上床。陽一聽了，果然像被人拿紅布在眼前揮來揮去挑釁的公牛一樣勃然大怒。他好單純。實在太單純。

——天底下找不到比你更傻的笨蛋了。

少囉嗦。我知道。那種事不用妳說我也知道。頭好痛。快吐了。我衝下車。而陽一，這次沒有再追來。

想吐卻吐不出來。我不想回家。在澀谷下車，我攔了一輛計程車，去我以前常去的店。

看到久違的我，常客們非常熱情，態度一如既往地歡迎我。聊著葷腥不忌的八卦，批評所見所聞，講他人壞話，說黃色笑話，露骨地噴出比其他人更激烈的毒汁。不必去努力消化事物後再用最淺顯易懂的方式說出來，毋寧只需驅使眼前的對手不可能使用的一切詞彙壓倒對方即可。三教九流都來了。不懂裝懂。神色貪婪。無論男女都散發油膩庸俗的臭氣。我感到自己的心情終於解放。到頭來自己的安身之地只有這種地方。在大宮家的那個自己，忽然顯得異樣虛偽。幾乎噁心得翻過來的胃袋，又被灌進更多黃酒與白酒，我在廁所耗了許久把那些通通都吐光了。火鍋裡的黃色白果從喉嚨深處保持原狀圓滾滾地噴到馬桶的邊緣後，劃出巨大的弧形落到堆積的嘔吐物上，隨即沉沒消失。全身的力氣和胃裡的東西一起消失，甚至無力去坐在馬桶上，只能癱坐在噴濺各種液體的地板上，任由身體倚靠牆壁。取出梗在屁股的手機一看，有二通來電。大宮真平。我感到喉嚨深處再次發酸。

啊——小真，今天中途開溜不好意思喔。我以後不會再去你們家了。我和你爸爸也討論了半天，最後他叫我不用再去了。也是啦，我跟你爸爸的個性本來就南轅北轍合不來。我早就料到遲早會有這麼一天。我一點都不驚訝。我知道你要準備升學考試很辛苦，不過，你也不要給自己太大壓力。那就這樣，你保重。如果有機會再見面，到時再見吧。

（錄音完畢請按一，刪改請按二，重新確認請按三——）

我按下三，重聽我的留言內容。真是爛透的留言。我隨即按下一。

（已完成留言。謝謝利用。）

彼此彼此，謝謝。

時間是凌晨三點半。我再也忍不住，明明被三申五令地禁止，還是忍不住連撥了三次電話給福永千尋的手機。第三次響到第五聲時，福永終於接起電話，「這些日子以來我有多麼自責，老師大概壓根沒有想像過吧。」她說著哭了。我迫不得已只好撒謊說我打這通電話是為了向她道歉，「老師有這份心意就夠了——如果你說的是真話。」她不屑地嗆我，就此掛斷電話。老實說我鬆了一口氣。她說的對極了。自從她離開後，我從來沒有認真想過她。我害怕去想。想她的痛苦。想我倆的情事在她的人生烙印的濃重陰影。她不該把我當成同夥，也不該原諒我。

走出廁所時，店內只剩下吧台前有個男人。男人年約四十身材細瘦，偶爾這家店有現場演唱時，他會負責彈電子琴。很久以前，我們曾聊過幾句，但周遭謠傳他是同性戀。我想要一杯冰水，可是又怕就此坐下來不想走了，於是要求結帳。但偏偏這種時候，店員幫我結帳後遲遲沒有從收銀台回來。我正在乾等時，電子琴手朝我發話了。

「津村老師，上次我在電視上看到你了。」

「你好。」

「我都哭了。該怎麼說呢，那兩個孩子，感覺特別耀眼。」

「呵呵，是這樣嗎。」

「小孩真的是一種毒。我看著看著就忍不住難過。」

這時我第一次扭頭正眼面對他。

店員終於拿著收據回來了，男人叫店員送一杯冰水來，然後繼續說。

「一想到那麼耀眼又美好的生物，和自己無關地活著，就覺得自己苟活於世毫無意義。」

「原來是這種意思啊。」

「我這可不是批判喔。純粹只是嫉妒，是脫離常軌的人特有的嫉妒。」

不知為何，看著那張雌雄莫辨的柔和瓜子臉，忽然湧現一股難忍的衝動。喉嚨深處發燙，發癢，再也憋不住。

「我——妻子死去時，我正在和別的女人做愛。」

為什麼會突然對那種事有種不吐不快的衝動呢？然而我只能向這個人傾訴。

「太過分。實在太過分。為什麼我們總要去傷害心愛的事物？對於眼前的徵兆視而不見，本想要抓住的手，也放開了。總是搞砸好好的機會。為什麼老是這樣一再走錯路，把一切都毀掉？想想真的很厭倦。無論看書或賺錢，絲毫不會變聰明。永遠必須面對這樣的自己。我受夠了。我真的受夠了。其實，我連活下去的力氣都沒有了。」

突然間，我猛烈嗆到。身體彎成蝦米，彷彿氣管吸入玻璃粉塵似的咳個不停。那個人沒說話，也沒碰我身體，只是在我身旁等了很久很久直到我的咳嗽平息。等我終於恢復平靜抬起頭，他筆直伸出手朝我遞來一杯不知幾時送來的冰水，說到：

「有些話，想必只有曾經走錯路的人才說得出來。也有人正處於只有那種話才能阻止的境地。有時就在千鈞一髮之際，被扣住肩膀，這才收回本來鬼迷心竅要踏出的那隻腳。這讓我感到，啊，那我雖然走錯路，好歹還是值得活下去。」

男人的手很白，肌理細膩，即便在女人身上也看不到那麼美的手。

「津村老師——」

「是。」

「請你寫出來吧。不寫不行喔。」

我咕嚕咕嚕一口氣喝光那杯水，走出店門。外面不知幾時下起雨。戳刺脖子的雨粒異常冰冷。我想起今早氣象預報說會有暴風雨。不，那已經是昨天早上了。二十四小時前的此刻，我在那個家被陽一叫醒，還在戰戰兢兢揉捏雞肉呢。如今想來似乎已成遙遠得可悲的往事。我又忘了。要讓人生來個一百八十度大轉變，一天的時間已足夠漫長。全部吐個精光後的身體，似乎莫名發冷，似乎莫名輕盈。暴風雨將至。

——真是悲慘的一天啊。

是啊。這是悲慘的一天。

——你也該趕快回家了。你不是有家嗎？

是啊。差不多也該回家了。

＊

孩子們的生活，被衣笠幸夫拋棄了。

已經變得很會幫忙做家事的小燈，在幸夫離開大宮家後意外堅強，還大發豪語說一個人看家也沒問題，但第三次看家的晚上，她在浴缸放熱水時睡著了，害得樓下鄰居家漏水。幸好樓下的住戶立刻上樓來查看，將災情控制在最低限度，但是讓一個五歲兒童單獨看家這件事在本地居民自治會引起爭端。最後真平決定周二晚上不再去補習，周四由陽一調整工作時間陪小燈。不過陽一的工作不可能每周都休假或早退，於是他有時配合托兒所放學的時間從外縣市開車回來後，接到小燈後立刻再次出發，讓小燈睡在駕駛座後面，自己繼續熬夜開車。那樣的夜晚，真平必須獨自回到冷清黑暗的家。他實在撐不下去。距離第一志願的中學入學考試還剩三個月時，真平停止了周日測驗以外的所有補習班課程。

換言之，他們又回到剛失去大宮雪時的生活。雖然少了家中支柱，有一陣子父子三人互相依靠還是勉強能夠自立。如今只不過是回到當初罷了。零加一等於一，一減一等於零。然而，加上一的前與後，即便同樣都是零，畢竟色調還是差很多。

真平就算如何吃力，也沒有再萌生放棄報考的念頭。但他畢竟只是個普通的十一歲少年，還沒有非凡到能夠在其他考生被父母及補習班老師鞭策著坐在桌前懸梁刺骨的時期，一肩扛起照顧妹妹做家事的任務，同時還能靠自己一個人的努力讓成績突飛猛進。結果真平的成績，果然一路畫出完美的下降線。

失去母親後原本被他當成心中獨一無二、如珠似寶的幼妹，如今已然成了妨礙他前途的包袱。之前那陣子兄妹倆同心協力處理的家務，如今也完全打亂了分攤工作的節奏，無法像之前那樣合作無間。以前妹妹總是喊著哥哥、哥哥，乖乖跟在他身後甚麼都聽他的，現在卻那也不對這也不行，像刁蠻的小姑子一樣變得嘮叨又愛插嘴，真平為此情緒失控大聲吼妹妹的次數也越來越多。

真平有時不免會回想。那天幸夫撂下的話，是出自真心嗎？小孩是「風險」。是危險。吃虧。受傷。我不是小孩，我已經不在小孩的範疇之內了。雖然希望是這樣，但實際上呢——每次開始這麼想，就會不由自主停下翻書的手。深夜獨自念書時，總是撞上各種難關。以前如果碰上國文或社會科的題目不會寫，只要喊一聲幸夫，把他從餐廳叫來自己房間便可輕鬆搞定。而幸夫也會一邊抱怨「又有問題嗎？」，一邊略顯得意地過來解救自己。幸夫碰上不會的問題時從來不肯老實承認，會上網搜尋或翻辭典硬著頭皮非要自己解答。然後話題會越扯越遠。對話添枝加葉不斷繁衍。甚至開始閒聊。真平在幸夫面前時，就算是怎麼強勢的反駁都不怕。他會變得講話老氣橫秋。比起暫時擺脫家事及照顧小燈的輕鬆感，得到一個強大他人理解的溫暖，更加淹沒了真平。那和親生父母帶來的溫暖截然不同，讓真平產生光輝燦爛的自信心。那樣的時光如果說是騙人的，那他已不知該去相信什麼了。他憎恨拋棄自己一家人的幸夫。恨不得趕快忘記幸夫。他知道，如果碰上不懂的問題，只要聯絡在科學館擔任指導員的鏑木優子，隨時都能得到比幸夫遠遠更正確的解答，但是父親並未把幸夫離開大宮家的事告訴鏑木優子。雖然對鏑木優子不反感，可真平自己，也覺得不可以再自來熟地依賴她了。真平依然抱著淡淡的期待，或許有一天衣笠幸夫會回來。

十二月中旬的周五。放學去托兒所接小燈，回程順道在超市買菜，結果明明還不到五點，外面早已暮色沉沉。回到家，只見客廳的電毯上，只穿著一條大內褲的父親手裡握著氣泡酒的罐子呼呼大睡。配合那種幾乎撕裂天地的鼾聲節奏，真平感到自己太陽穴的血管發漫鼓脹。

父親之前本來說，結束三天的送貨行程後會在晚間七點左右回來，大概是工作提早做完了吧。若是一年前，真平會突然湧現想撲過去抱著那個身體不放的衝動。當天色漸暗的時刻，家中有父親魁梧的身體，便有種難以言喻的安心感。那時母親總是會喝止他忍不住想去碰觸父親的舉動，拜託他讓父親好好休息。於是真平只好拚命忍耐父親自然睡醒前的那幾個小時。

看著父親歷經辛苦的肉體勞動後疲勞困頓的模樣，如今，他只覺得那是醜陋的肢體。既然提早下班了，好歹可以代替自己去托兒所接一下小燈吧。睡甚麼睡啊，猴子。自己的聲音在耳朵深處響起。

*

那天深夜，不，應該說已經到了周六的凌晨，在被窩裡忽然醒來的大宮陽一，聽見從客廳隔著紙門傳來的低微電子音。旋律很熟悉。是電視遊樂器的聲音。孩子們已經起床了嗎？難不成自己睡過頭了？他慌忙抓起鬧鐘一看，距離他設定的起床時間還有一個小時。轉頭往旁邊一看，小燈在黑暗中安詳地發出熟睡的鼾聲。陽一試著朝客廳喊真平的名字。沒有回應。他鑽出被窩去客廳。

「你是怎麼了？」

對著癱坐在電視螢幕前的兒子背影，陽一感到刺眼地眨動著眼睛一邊問道。真平沒有回頭看父親，只是回答沒事。

「有時間打電玩不如去睡覺。你一直都是這樣嗎？」

「這是休息時間啦。等我過了這關還要看書。」

「我不是叫你去念書。你該去睡覺了。否則身體會弄壞。」

真平保持坐姿扭過身子，抬頭睨視陽一。

「你幹嘛一回來就教訓我。我有我自己的步調。白天要上學，而且小燈很吵，我根本沒辦法看書。」

「可是有哪個小孩會在這種時間不睡覺。媽咪不是說過睡覺也是小孩子的工作嗎。你就算現在去念書，也看不進去。爸爸睏的時候雖然也得開車，但是真的撐不住的時候，還是會接受現實倒下就睡。然後——」

「幹嘛把我跟貨車相提並論。根本就不一樣。」

真平發出細微的嘆息，同時再次轉身面對電視螢幕，幽幽地自言自語：有種你自己去試試看。

關心兒子身體的父親眼睛，猛然瞪得如銅鈴大。陽一突然一把搶去真平手裡的遙控器，連電線一起扯斷。

「你去補習班學的就是對人這樣說話嗎？」

真平雖然臉色蒼白，還是立刻直起上半身，擺出防備的架式。

「我說的不對嗎？想睡覺的時候如果睡了就能成績進步，那誰還要辛苦念書啊。沒做過的題目就不會懂，而且如果請假不去補習，光是那樣就會被淘汰。如果有人可以替我拿分數，我隨時願意去睡覺。問題是誰也不會替我去考試吧。誰也不會！」

「你幹嘛為了那種事情發飆。沒人可以代替自己這點大家都一樣。不要說得好像只有你一個人吃虧受罪，報考中學是你自己想去考的。如果你要用那種態度應考的話，那我看你趁早放棄也好。」

「我就知道你會這麼說。到頭來你根本不在乎。不管我落榜還是考取，都跟你無關。反正我想怎樣，你也沒有關心過！」

陽一當下就抬手朝他甩巴掌，但真平以出乎意料的敏捷閃過了。沒打中。第二記耳光間不容髮地從反方向飛來，真平第一時間抬肘護臉，手掌打在他肘上發出悶響。陽一勢在必得地再次揮起巨大的右掌時，真平忽然放下手臂，朝陽一主動伸出毫無防備的臉孔。退縮的反而是父親。

「就算打我也只有疼痛。甚麼都不會改變。幸夫也不會回來。」

之後那記耳光只是虛應故事，拍到臉頰上的右掌早已失去本來的威力，只發出有氣無力的啪一聲。頓時真平就像下大雨似的眼淚掉個不停。雖然一點也沒有把他打疼。

「連講話都沒辦法好好講。動不動就只會怒吼、打人。」

真平的話語有種壓抑的平靜，已經絲毫不帶激動情緒。

「真討厭。這種情形，超討厭。我不想變成那樣。我不想變成像爸爸一樣的大人。」

「……這就是你拚命念書也要念個好學校的理由？」

「你根本不懂。」

就此，父子倆都像嘴巴打結似的陷入沉默。紙門的那一頭，父親設定的鬧鐘開始高亢響起。黎明已迫近眼前。兒子回到自己的房間，父親比平日上班時間更早離開家門。

大宮陽一被山梨縣警逮捕，就在那七天之後，同樣晦暗的黎明前。

被害者

筆錄

住址　山梨縣××市戶上町十號 白堡曾淵公寓二〇二號室

職業　應召女郎

姓名　田野原泰子

生日　昭和六十年（一九八五）五月二十六日生

上述人員於平成××年十二月二十一日，於鳴澤南醫院對本警員自願做出以下供述。

一、我自平成二十三年四月起住在剛才說的住址，是獨居。目前單身。工作是在山梨縣××市川北町三巷四弄十七號丸葉大樓五〇八號室「健康派遣服務・天堂之門」這家應召站上班，從事接客服務。我在旅館接客時，遭到客人大宮陽一這名男性踢到腹部造成頭部撞傷，以下針對該事件敘述。

二、我與該男子邂逅的經過。

平成××年十二月二十一日凌晨十二點半左右，我在應召站的事務所待命，店長說有客人指名我，於是我乘坐馬伕駕駛的廂型車，前往瑪蒂達旅館。

抵達時間是十二點五十五分，我下車前往店長說的一一七號房，敲門後，室內的男子替我開門。打照面的瞬間，我從他的體型及服裝判斷他應該是貨車司機。旅館旁邊就是長途貨車停車休息的休息站，所以我以前也多次在瑪蒂達旅館接這種貨車司機的生意。

我報上花名艾莉絲，因為之前已聽店裡說他選的是六十分鐘的服務，我向他確認是否無誤，他說沒錯。我也說明了超時收費的方式，他說沒問題，於是我和店裡聯絡，轉達我與客人確認的內容。

洗澡前我們聊了一下，但內容我已沒甚麼印象。或許是因為撞到腦袋，但當天同樣在旅館這是第三筆生意，所以哪位客人說了甚麼，記憶已經混淆不清了。我只記得他說家住在埼玉縣。因為我堂姊住在埼玉，我還告訴客人以前和堂姊一起去過長瀞這個地方的下游。我問他待會要去哪裡，他說正要回家。看不出來他有甚麼煩惱。他的體格壯碩結實，長相也很威嚴，不過一聊之下其實很溫和，我並不覺得他是個危險的客人。

洗澡之後我按照正常的步驟做服務，但我感覺到他非常緊張，於是問他是否很久沒找小姐了，他說只有未婚的時候找過小姐，我誇他是個好老公，結果他就不說話了，我也沒有再繼續追問。

之後過了三十分鐘左右吧，我換到上位，客人突然叫我掐他脖子。

我當下拒絕說我們不做那種服務，但客人堅持不那樣就不爽快，一再拜託我。我說我沒做過那種服務，而且有點害怕，結果他說，不然只要拿枕頭摀在他臉上就好。

雖然對客人聲稱沒做過，其實我曾多次在服務過程中被男人掐住脖子，所以對那種行為本身倒是沒那麼大的牴觸。只是，我自己被掐住脖子時只覺得窒息，壓根沒甚麼快感，而且這還是頭一次遇上客人要求我掐他而不是他掐我。也不至於大吃一驚啦。只是單純覺得這個客人有點變態。不過我既然做這一行，只要不傷害到我的身體，其他的要求我向來盡量配合客人，所以自然而然開始覺得，既然客人這麼說，那就達成他的心願也好。而且我也不打算告訴店裡。

我一邊叮嚀「如果喘不過氣，一定要說喔」，一邊騎到客人身上拿枕頭壓住客人的臉。我對於掐脖子有點抗拒，但若是用枕頭，反正看不見表情，對於自己正在做甚麼並沒有真實感。起初我只是把枕頭放在他臉上，但我聽到他從枕頭底下叫我更用力，於是漸漸把全身重量都放到枕頭上，做到一半時，客人忽然從下方壓住我摁住枕頭的那隻左手，發出呻吟般的聲音，我以為那是表示很舒服於是繼續努力做服務，但突然間，咚的一下，我受到強烈衝擊，我的身體飛起來。我不太清楚到底發生了甚麼事，回過神時，可以看見天花板，而我已經站不起來了。之後的記憶模糊，但我可以看見光著身子站起來的客人。他一再大聲喊我，當他問我姓名時，我不由自主報上本名，在救護車抵達前，好像一直有個聲音喊我泰子、泰子。印象中好像看到客人替我擦鼻子的毛巾沾了血。

三、關於接客前以及接客期間客人的狀況。

他在對話中並沒有出現「很想死」或「請妳殺了我」這類字眼，也沒有聊到類似那種氣氛的話題。就算他叫我掐他脖子或拿枕頭摀在他臉上時，也不是用那種如果不照做小心會怎樣怎樣的威脅口吻。當我把枕頭摁在他臉上時，他沒有叫我住手也沒有叫苦，就我和客人的體型差距而言，我想他應該也沒有那麼痛苦。如果我知道他是真心想死，我絕對不會那麼做。還有，我絕對沒有和客人真槍實彈地性交，客人也沒有這麼要求。

四、只有頭部撞傷算是不幸中的大幸。被人打傷真的很倒楣，而且店裡也叫我先休息四、五天，對工作造成影響讓我很困擾，但我想大宮先生這個客人並不是故意要傷害我。只是，如果當時沒有被踹開，我搞不好已經害死大宮先生了，想到這裡我就害怕。雖然我不會說我很慶幸他踹開我，但我差一點就殺了人，總而言之，我希望他以後不要再拜託別人做這種事。我想他大概有很多難言之隱，但別人也有別人的難處，希望他以後不要把別人扯進這種事，好好愛惜自己的生命，堅強地活下去。

我因為個人因素從事目前的工作，但我並未讓父母知道，而且我還有將來的夢想，所以可以的話我希望這件事不要鬧大。總之，從今以後，就算拜託我做那種事我想我也不會答應了。

田野原泰子

筆錄內容如上，確認無誤，特此簽名蓋章。

日期如前

山梨縣警鳴澤署

司法警察　警部補　小城聰

＊

周末的夜晚即將結束。就算不是上班族，憂鬱的周末氛圍也會令人徬徨。

〈芳香甘醇的麥中之王。唯有真正的成年人才配擁有的奢華時光〉

伴隨這樣的旁白，與歌劇團出身的中堅女明星面對面喝著氣泡酒的津村啟深深頷首的廣告畫面正在播映，坐在客廳電視的正前方，衣笠幸夫在冒煙的特大號速食炒麵上擠滿美乃滋。拍攝這個廣告，算來已是將近一年前的事。當時的自己皮膚晶瑩剔透，鬍子和髮型也整理得很有型，看起來和現在判若兩人。東西散亂如垃圾場且塵埃結塊的長毛地毯上，手機正在震動。因為是陌生號碼，所以他沒接，但打從入夜後這已是第三通了，不免還是有點好奇。

接受大宮陽一委託的值班公派律師喜多嶋恒彥，向慢吞吞接起電話的幸夫鄭重報上姓名，然後一五一十將事件的來龍去脈告訴他。

「——在二公里外的購物中心替孩子們買聖誕禮物，就在那之後發生的。」

「是一時鬼迷心竅嗎？」

「據說他在過程中，忽然有股衝動『渴望消失』。」
「怎麼會這樣？」
「他認為如果有點痛苦，那種衝動或許就會消失。結果，就在已經瀕臨極限時，自己投保的壽險金額忽然閃過腦海。然後，他就繼續硬撐下去了。」
「真是白痴。」
「關於這點我已經警告他別告訴檢察官了。」
然後律師這才提及打電話給衣笠幸夫的用意。
「我打電話給您，是想拜託您，能否由您出面通知孩子們父親平安無事。否則突然接到我這個陌生人的通知，他們恐怕無法承受。」
「──可是，我該向他們透露多少？」
「這正是問題所在。」
「律師先生，如果是你會怎麼做？」
「這個嘛，這中間有種種複雜內情，但就算是一時糊塗，至少『試圖尋死』這件事，不管怎樣我都會瞞下來。那對小孩來說……尤其是他們才剛剛失去母親──」
「是啊，您說得沒錯。」

「該怎麼編故事，我想衣笠先生肯定比我更內行。」
「但我可編不出甚麼有夢想的故事喔。」
「不，沒有夢想也無妨。只要有脫身之道就好。」

幸夫主動表示要當大宮陽一的保釋人，掛斷喜多嶋律師的電話後，深吸一口氣，用顫抖的指尖按下大約已睽違兩個月的真平的手機號碼。這兩個月，每當有事經過東京都心的車站時，總是有股衝動想跳上開往大宮家那個方向的電車。一邊被自己拋棄了那一家三口生活的罪惡感折磨，只要想到真平是否還在上補習班，小燈自己要怎麼看家，陽一一個人——他就坐立不安。如果再冷靜一陣子，或許又能容許自己去大宮家吧，他抱著這種心情等待，然而時間過去越久，自己對他們而言只不過是不相干的外人這種想法就像沉重的鐵鍊纏繞雙腳，目送伴隨凌厲的疾風奔馳而去的電車，不知有多少次臉孔扭曲。

片刻寂靜後，開始聽見嘟聲。光是這樣，彷彿便可切實感到真平至少還好端端繼續生活在這個世界，不禁心頭一熱。一聲，二聲，三聲。已經睡了嗎？嘟聲的間隔頻率，似乎異常短暫。不急。對方是個小孩，慢慢呼喚即可。四聲，五聲，六聲。接電話呀。

拜託。千萬別掛。請再給我一次機會就好。拜託。接通了。

「小真，我是幸夫。好久不見。我必須向你道歉——」

「幸夫，爸爸沒回來。」

真平的聲音已經變得緊繃。光是聽到那聲音，幸夫就已幾乎心碎。

「他本來應該昨天就回來的。我打電話他也沒接。這種情形，過去從來沒有發生過。」

「我就是要跟你說這個。小真，你爸爸很平安。沒事。你甚麼都不用擔心——」

還來得及趕上末班電車。踢開地板堆積的紙張和書籍，一腳套進隨手扔下的長褲，他衝出門口。

衣笠幸夫在夜晚的街頭奔跑。一定，一定要讓父親回到那兩個孩子的身邊。不，他決定一定要讓兒子回到那個父親的身邊。真平在電話那頭抽泣。「是我傷了爸爸。我對爸爸說出差勁的話。」

差勁？那我可是行家。倒要好好聽一聽。儘管放馬過來吧。如果只因為那樣的一次失敗不被饒恕，就讓那孩子的人生從此逐漸步向毀滅，那自己憑甚麼能夠活到這麼老。

幸夫決定賭上自己一直被寬容的溫吞人生，把他帶去父親身邊。幸好那個父親不是據說活蹦亂跳嗎。只要人還活著，總會有辦法的。在死亡分開我們之前，人們總會有辦法。妳說是吧，夏子？

兩腳發軟打架，氣喘吁吁，上半身前傾，蓬頭散髮，整個人慌亂得不像在奔跑。但哪怕這顆心跳出來，肺臟破裂。衣笠幸夫繼續在黑夜奔跑。

＊

「鏑木老師嗎？我是衣笠。就是那個作家津村啟。上次真的很不好意思。」

「啊，啊，啊，啊，您好。」

天亮後，衣笠幸夫主動打電話給鏑木優子。他想和優子商量，能否讓小燈在她家住一晚。

「事情是這樣的，陽一在外面開車送貨發生意外。結果，讓別人受到輕傷。」

「啊，啊，啊，啊，這樣子啊。」

鏑木優子二話不說就一口答應。沒有追問詳情，也沒有說要先徵詢父母同不同意。

是反應遲鈍？天生少根筋？或者這是她膽識過人？不管怎樣，幸夫認為到頭來自己只能敗給這個人。

關於該怎麼通知孩子們的這個課題，結果津村啟並未發揮喜多嶋律師寄予厚望的編故事能力。他照著對鏑木優子的說詞直接告訴孩子們，真平也老實相信了。顧及真平的聰明，幸夫也曾猶豫是否該照實告訴他，但最後還是沒有勇氣。把真相暴露在青天白日下，能夠沉浸在滿足中的往往只有抖出真相的本人。一旦被抖出來就再也無法翻轉局面，這就是「真相」。哪怕被當成騙子，還是留點事後能夠轉圜的餘地，想必才能保有未來吧。

但是把小燈交給鏑木優子後，幸夫二人輾轉搭乘電車在開往山梨縣內地的南下列車中相向而坐時，真平終於慢吞吞開口了。

「幸夫。」

「嗯。」

「我在遊覽車出事後曾經想過，為什麼死的不是爸爸而是媽咪。」

說著，真平的視線逃向窗外流過的山谷風景。衣笠幸夫決定了。此刻就是說出真相的時候。

「這點，你爸爸比任何人都這麼認為。用不著你來想。肯定打從一開始，他就一直這麼想著，勝過你千百倍。既然都是要死為何不是自己？他一直這麼想著獨自飽受折磨，但他還是拚命握著方向盤，努力撐到現在。你應該懂吧。」

真平眼也不眨凝望遠方的眼睛，悄無聲息滑落一行透明的眼淚。

「但是，這就是人心。雖然堅強，卻也軟弱。有時也會猛然折斷。即使長大了，即使為人父母了。即使他重視你們恨不得把你們緊緊摟在懷裡還嫌不夠。你能夠理解嗎？」

真平微微頷首，另一隻眼睛也順勢落下眼淚。幸夫取出一個在換車的車站販賣部買的冷凍橘子，用指尖開始細細剝皮。被車內的暖氣烘熱，橘皮上的那層單薄的冰膜緩緩溶化。

「沒事，小真。大家活著都會有種種想法。包括卑鄙的、開不了口的壞念頭。儘管如此，想法也不可能一一實現。我們不可能真的照自己想法去操控世界。所以你不需要再自責。只是，對於真心看重自己的人，千萬不可輕易放手。不可小看對方、輕視對方。否則，就會落得像我一樣的下場。像我一樣，人生中再也沒有值得去愛的人。就算以為不可能輕易分離，分離的時刻，往往在瞬間來襲。不是嗎？」

幸夫的視線一直垂落在剝了皮的紅色果肉上，如此說道。

「如今我才明白。所以你們一定要珍惜，好好把握。絕對要。」

真平伸出手掌，於是幸夫把橘子分成兩半，一半放到他手上。二人張大嘴巴一口氣吞下。刺痛腦袋深處的冰冷、甘甜，讓人再也說不出話。二人就此陷入沉默，坐在沒有其他乘客的車廂內，只是任由身體隨著列車搖晃。窗外已變成深山風景，冬季蕭瑟的乾枯森林，似要刮過視野般迅速流逝。

正午過後在約好的車站咖啡店現身的喜多嶋律師，已和受害女性談妥和解的條件。

「那位小姐很懂事喔。非常穩重。」

在電話中聽他講話，就像聽老牌演員朗誦詩歌，但律師本人是個笑出滿臉皺紋的好好先生，欣然收下幸夫送的豆子麻糬，在店內小心翼翼用雙手捧著麻糬偷吃的樣子彷彿天真的小猴子。幸夫按照昨晚律師在電話中的指示，已經連夜整理出一篇陳情書闡述讓大宮陽一保釋回家之必要性。喜多嶋律師伸指抬起小小的老花眼鏡迅速瀏覽一遍內容後，只說聲很好就微微吸鼻，翩然站起，說他現在就去檢察廳，就此消失。

太陽落到山邊時，幸夫的手機響了。檢察官同意不聲請羈押，想必不久的將來就會決定不予起訴。律師用朗讀詩歌般的聲音說。

「我還以為今天不可能放他出來了。陽一能遇到喜多嶋律師真是太幸運了。」

「不見得每次都能這麼走運喔。我是現在才敢說，其實我記得在電視新聞看過大宮先生。就是遊覽車出事後召開死者家屬說明會時的那段影片。我當時看了非常震驚。」

「噢，那個啊，我想也是。」

「不，我不是那個意思。其實以前，當然規模更小啦，我承辦過類似的事故。是替加害者辯護。當時的對手，也就是受害者家屬那邊，也有一個人憤而自殺。是在謝罪以及補償金這些全部談妥之後喔。我的工作其實已經結束了。事故責任方能想到的、能做的也全都做了。結果居然發生那種悲劇。雖然不是我的錯，但那件事一直在我心裡留下疙瘩。到頭來，他們一直站在靠我們的努力無法填補的洞穴邊緣，這麼一想，就覺得自己的工作很空虛。所以接到這次的案子時，我認為這是某種天意安排。雖然不可能因此改變過去，但是活在現在的人，只能讓他好好活下去，不是嗎？包括我自己在內。我想過。活著，只要執拗地堅持，總會有機會來臨吧。——另外，我女兒是你的粉絲。雖然那丫頭長得很不起眼到現在都嫁不出去，但我看到您寫的陳情書時，不禁同意我女兒是對的。當著作者本人面前，我被感動了。」

「怎麼可能。您看起來分明毫無感慨。別看那樣，好歹是我熬夜苦惱很久才寫出來的。看到律師先生的反應，我還暗自受到打擊，覺得自己果然是三流作家呢。」

「我那時是怕我如果開口講話會哭出來。畢竟那樣會讓人不安嘛，是吧？如果馬上要上陣對敵的律師就在你眼前哭哭啼啼的話。」

警局門口已被濃郁的夜色籠罩。這一帶的寒冷，光是站著就已沁入骨髓。幸夫和真平都已凍得腳底發麻時，燈火通明的建築物中，終於走出二個體格魁梧的男人身影。在幸夫看來是專辦黑道案件的刑警要帶著菜鳥去巡視管區，可是真平毫不遲疑上前兩三步。因為那分明正是重獲自由之身的父親。

幸夫打消尾隨真平上前的念頭。大宮陽一對著看似菜鳥的年輕刑警鞠躬行禮後走出大門，一發現兒子的身影，當場呆住，轉而望向站在遠處的幸夫。幸夫努動下顎催促陽一。

父子倆緩緩地，緩緩地縮短距離。彷彿宮本武藏和佐佐木小次郎的巖流島決鬥，充滿緊迫感。幸夫忽然感到好笑，於是連忙轉身，背對父子倆，舉頭仰望高掛正上方的一彎新月。

三人當下前往市區，先讓真平在咖啡店等候，二人造訪位於公寓一室的應召站事務所。面對頭上包裹的繃帶宛如包哈密瓜那種網袋似的艾莉絲，幸夫與陽一幾乎是九十度鞠躬致歉。陽一一度想抬頭，卻被幸夫按住後腦勺，再次低頭謝罪。還很年輕的店長，面黃肌瘦好似發育不良的青葫蘆，看起來一心只想趕快把他們打發走，但臨別之際，艾莉絲說「如果下次有機會再來」，分別遞給他們一張名片。鑽進下樓的電梯，只剩二人時，幸夫突然舉起握著名片的右手朝陽一揮拳，陽一情急之下閃身躲過，拳頭狠狠砸到牆壁上。幸夫再次揮拳。這次陽一沒有閃躲，幸夫的拳頭笨拙地擦過他的太陽穴。光是這樣，幸夫已經氣喘如牛。幸夫一邊被陽一攙扶著站穩，一邊罵他「太不像話了」。陽一乖乖道歉說「對不起」。雖然很笨拙，但衣笠幸夫這是第一次揍人。

陽一打電話到貨運公司，社長毫不客氣把他臭罵一頓，順便指示他去甲府市的客戶那裡載貨，天亮之前趕回埼玉縣。

國道旁貨車休息區的遼闊空地，若無其事地停著大宮陽一的愛車。真平再三邀請幸夫，說坐得下三個人，但幸夫聲稱離此地不遠的鎮上，就有身為津村啟書迷的美貌老闆娘經營的溫泉旅社，所以要在那邊獨自待上三天再回去。

陽一長鳴一聲喇叭，大貨車緩緩扭動車身啟動。站在國道旁的人行道上，朝著父子倆揮手後，幸夫毅然轉身筆直朝著反方向邁步。

副駕駛座的真平，頂著冷風久久凝視那個漸去漸遠越來越小的身影。他一直在期望，那個身影會不會再次回頭。

這雖然不是真平第一次坐父親的貨車，但距離上次已經遙遠得想都想不起來是甚麼時候了。途中經過食品工廠的倉庫，看著在那裡工作的大人們，還有把幾百個箱子裝上車的父親，他朦朧想起很久以前也曾被父親帶來這樣的地方。比起當時，照理說真平已經長大很多了，不知為何卻感到此刻父親的身體和那些大人的身體更顯得高大，真是不可思議。

沿著交通量銳減的昏暗鄉間唯一一條道路，載著貨物變得笨重的車身轟隆作響，貨車呼嘯而過。父親每次聽的廣播節目主持人的笑聲。瀰漫父親味道的車內。父親愛喝的罐裝咖啡的味道。

「坐起來感覺怎樣？」

「偶爾坐一次還不錯。」

「不知還能坐多久，所以要趁現在把握機會喔。因為我正考慮辭掉這份工作。我覺得這樣不是長久之計。」

「辭職之後要做甚麼？」

「去當超商店長之類的。去公司的路上有看到羅森超商的徵人廣告。」

「你哪當得了店長啊。」

「你果然也這麼覺得？」

「不可能啦。完全不適合爸爸。絕對不可能。」

父親說當初是因為並不排斥獨自工作所以加入這一行，這些年也一直獨自開車送貨，但如果有說話的對象，還是後者更好。不，就算不講話，只要身邊有人在就好，他說。外面似乎冷到零下，但車內的暖氣熱力十足，真平的眼皮漸漸沉重，意識開始混沌不清。儘管昨晚一再被幸夫安撫，自己也假裝相信了他的安撫，但他整晚都無法停止想像父親被關進監獄的未來。你睡吧——父親溫和的聲音反而讓他驀然睜眼，重新坐正，目不轉睛地凝視被車頭燈照亮的前方暗路。真平在心裡發誓，一定要這樣陪在父親身旁直到清晨，絕對不能睡。

＊

衣笠幸夫在車站裡的食堂吃蔬菜味噌麵，身體稍微溫暖後，就搭上開往東京方向的電車。甚麼仰慕他的美貌老闆娘經營的溫泉旅社，根本不存在。獨自回去的深夜上行列車顯得格外安靜冷清，他翻開包裡的小說閱讀，睡意逐漸上來，最後忍不住躺下，結果睡過頭，直到終點站才被車掌叫醒，要轉車的特級快車車票報廢了。無奈之下，只好搭乘普通列車慢悠悠地一站一站前進，期間看完了小說，望著手機看了半天，也沒有任何人來電，乘客逐漸增加，醉客倚靠過來，車內變得像廟會一樣吵雜，他把座位禮讓給站在眼前的老人，東京都心再次迫近。

這時候那對父子不知開到哪裡了。

雖然同情大宮一家，但對幸夫而言，這二天和小燈、真平及陽一久違的接觸，是讓他連回顧都害怕的甜蜜時光。但甜蜜時光如果攝取過度，就會腐蝕人生。會開始後悔自己根本不該吃甚麼甜食。幸夫的身旁，已經沒有大人會勸誡他適可而止了。現在可沒有閒工夫鬧牙疼哭泣。自己必須學會如何將藏在口袋裡的甜食收進櫥櫃中。

那個方法是酒。那個方法是女人。雖然覺得很可笑，兩腳還是忍不住筆直走向酒家。總是這樣。向來如此。明明可以回家。偏偏在這種內心深處如此寒冷的日子，酒場的人們總是看起來特別快活，女人特別溫柔，酒特別好喝。店內最美的小姐以往正眼也不瞧自己一眼，偏偏在這種日子會主動表示，等店裡打烊後想去津村老師推薦的拉麵店云云。誰要吃甚麼拉麵啊。二人手挽著手，直奔幸夫家。女人柔軟溫熱的乳房，碰觸自己的上臂。叮叮噹，叮叮噹。嘿嘿嘿。我無拘無束的人生，身輕如燕。萬歲。萬歲。萬歲。二人手舞足蹈地嬉戲，就這樣一路抵達公寓門廳，將鑰匙插進自動保全系統的門鎖那一瞬間，驀然閃過不安，咦，其實我孤單一人來著？

孤單一人。的的確確，一個人。

「——小紗，對不起。」

「怎麼了？」

「我得寫作。」

「啥？」

「我得寫作。我想想還是要寫。」

「寫甚麼?」

「呃——寫、寫我和我妻子的故事。」

「你搞甚麼鬼!」

「我送妳回去。」

「不必。」

「那,至少吻別一下。」

「休想。」

對著站在公寓門口揮手送別的衣笠幸夫,小紗齜牙咧嘴,比出割喉的手勢後,轉身背對他邁步前行。

深夜的住宅區,裝飾著聖誕老人或麋鹿造型的民宅閃爍著五彩燈泡,照亮小紗踽踽獨行的歸路。叮叮噹,叮叮噹,鈴聲多響亮。他給我們帶來幸福,大家喜洋洋——彎過馬路轉角前,驀然駐足,再次回頭一看。衣笠幸夫已經準備走進門廳了。小紗暗自稱奇,懷疑自己眼花。津村先生以前是那樣的人嗎?即便遠眺,也想追上去揪住對方確認,因為那個背影,顯然太孤寂。

這樣目送男人逃跑的背影漸漸消失，未免有失女人的面子。可惡！咒罵一聲後，小紗拐過街角。聖誕快樂。

給妻子

妳好嗎？那邊冷不冷？我們這邊很冷。去年雖然也很冷，但今年更誇張。

真平在我發生那起事件後，還是一樣非常努力。年底放假也照樣每天坐在桌前啃書，星期天一早就去補習班，考試前先拿不懂的地方去問老師，打理家事和接送小燈也都照樣堅持到最後。一度下滑的成績，到了放寒假後的模擬考好像也漸漸恢復往日水準了。一月底我去補習班和老師面談過一次，老師真的很欣慰。據說還拿真平當範例來激勵其他照常去補習的學生，說大宮同學非常努力。很值得開心吧。

結果他沒考上。雖然他好像很有信心，但他一直視為第一志願的某某中學，還是落榜了。最後反倒是我變得貪心，勸他既然已努力到這個地步，不如再去別家學校考考看？但真平沒有報考縣內任何一所私立學校。他果然像妳，非常頑固。

他說要自己一個人去看放榜的榜單，所以我就讓他去了。但我還是坐立不安，把幸夫叫出來，兩人跟在他後面不遠處，在離中學最近的車站圓環等候，等真平一出來就問他結果。

回程，我們三人搭乘真平本來應該會用來通學的公車，從車窗看見暮色中的東京街景很漂亮。遠方還可看見小小的紅色富士山。雖然天氣依然很冷，但白天已經一天比一天長了。

真平非常失望，但他很堅強。倒是幸夫替真平哭了。下了公車，就在回家的路中央，他放聲大哭。幸夫打從小夏死後，據說一次也沒哭過。「這種事誰會相信？」幸夫自己說著，又哭了。據說，他從來沒對任何人吐露過這件事。我不認為幸夫和我們真有小夏說得那麼合不來。後來我們三人一起去托兒所接小燈，園長看了非常高興，還說，「今天全體到齊啊。」那天，小燈學會吊單槓引體向上反轉了。雖有悲傷的事發生，但那一刻，世界的某處想必也有開心的事發生吧。難得四人到齊，我們一起踏上歸路。

真平真的表現得很好。身為他的父親我很驕傲。今後，也請繼續誇獎他。二月七日。陽一筆。

給妻子

妳好嗎？那邊涼快嗎？這邊還很熱呢。真是傷腦筋。上星期冷氣壞了，但已是秋分的時節，我想只要再忍耐幾天應該就好，沒想到天天夜裡都熱得匪夷所思。看來不找人修理是不行了。真麻煩。

寫妳我之間的那本書，得到某地方報社主辦的文學獎。只是個小獎。我想妳肯定聽都沒聽過。評審委員F先生是我本來就不怎麼喜歡的作家，但他極力誇獎我，交談之下，我發現他原來是個和普通人一樣溫和的老先生。當然我並沒有因此就愛上他的作品。不可能那麼簡單，對吧？不過他好像就住在附近。就是上次我去看病的那家耳鼻喉科附近。他叫我改天去他家玩。我正在考慮。

我用得到的獎金在東京都內某餐廳辦了一場小小的慶祝酒會。我想出版社的人大概期待那本書銷路更加火紅，但照目前的感覺看來，恐怕不可能賣得那麼好。不過編輯桑名說，「今後是地方的時代。比起大的，小的會變得更值得信賴。」他似乎很滿足。不知是真是假。

當然大宮一家也來了。小真穿著公立中學的制服，居然理了光頭。他說加入了手球隊。據說是因為拉他入隊的學長慷慨借出他一直很想看的漫畫。我問他不是立志要加入天文社嗎？他說如果不是某某中學的天文社就毫無意義。分明是強詞奪理。小燈穿著可愛的藍色小洋裝。去年一直很短的頭髮，如今留長了，編成漂亮的髮型，好像成了判若兩人的小淑女。是個相當漂亮的美人。不知她到底比較像誰。我問她，「最近有玩日本花牌嗎？」她露出有點不耐煩的表情。今年年初我去大宮家時，明明她還得意洋洋地大聲頻呼「老人自不量力」或「家醜不可外揚」這種令人嚇一跳的花牌諺語。

陽一把鏑木老師也帶來了。這是自從陽一出事以來我們頭一次見面，但鏑木老師好像很緊張，又好像完全不緊張，換言之，和上次見面時一樣，畏畏縮縮，紅著臉一再點頭如搗蒜，說：「貴作品，非常精采。」又來了，「貴作品」。

我想現在提這個可能還太早，但我總覺得，鏑木老師和大宮一家或許遲早會組成幸福的家庭。妳覺得鏑木老師怎麼樣？我對小雪並不是很了解，但就我所聽到的，她似乎和小雪有共通之處。看似內向膽小，但那只是外表看起來，鏑木老師其實是個外柔內剛的人。而且我想她肯定會率真地愛著他們。沒問題的。就連我都做得到。我唯一介意的，只有她是我的書迷這點。

小真或許是事先練習過，上台致詞的內容非常有條理，令人感動。我非常開心，真的。出版社那些小姐們更是哭得妝都花了。我想大概比起看我的小說哭得更凶。我和岸本還笑稱，如果把他的致詞製成CD隨書附贈，八成可以讓書的銷售量暴增三倍。

上台致詞的人只有他。成年人花言巧語的致詞，應該不重要吧。之後就是美妙的音樂，好吃的菜餚。大家愉快地聊天後就此結束。我本來是想辦一場這樣輕鬆、時尚的派對。可是，陽一說他為此還特地排了隔天休假，抱著酒拚命灌，開始表演動作怪異的舞蹈，把派對搞得一點也不時尚。起初大家捧腹大笑看他跳，後來店裡的女孩及編輯們也手拉手被拖下場。鏑木老師和小燈也配合旋律喊著嘿呀嘿、喲咻喲咻地大跳特跳，最後穿學生服的小真和他老爸面對面，一起表演了貌似捉泥鰍的舞步，轟動全場。這種鄉下宴會的氣氛是怎麼回事。我的時尚派對全搞砸了。還不知道有沒有下次機會慶祝得獎呢。一切的一切，都不照我的計畫進行。

沒想到會變成這樣。妳應該也沒料到吧。

至今，我仍經常想起瞬間窺見的妳那則訊息。

已經不愛了。一點也不。

不過我或許也一樣。

那種狀況該如何是好？怎麼做才能稍有改善？或許我應該和妳離婚，或許還有別的方法，總之不管怎樣，趁著活著時努力最重要。明明大腦深處應該很清楚人生在世時間有限，也知道人是一種會後悔的生物，卻還是對身邊最親近的人欠缺誠意，這究竟是為什麼？

該去愛的歲月卻怠惰去愛，這個代價絕對不小。並不是另找一個人去愛就能取代。與各種人的相遇及共生，會治癒喪失感，增添該做的工作，帶來新希望與重生的力量。然而要克服喪失感，在忙碌及笑聲中絕對無法完成。今後，我的人生想必也會一直被我對妳的悔恨及罪惡感支配。就算心裡歉疚，也聽不見妳親口說出原諒我。無論妳在另一個世界如何痛罵我或同情我，很遺憾，我通通聽不見。人一旦死了，就此完結。我倆，都太小看活著的時光了。

我也曾多次想過去那邊。說到那邊，好像是指妳身旁，但並不是。總之，我每每有股衝動想要索性脫下「我」這個粗俗的盔甲。然而，要在不給人添麻煩的情況下去死相當困難。死亡，就是會造成麻煩。物理上固然如此，對別人的心情，也同樣會造成麻煩。妳們的死，就是最明顯的例子。就連像妳這樣死於意外事故都會如此。真的是很麻煩。

關於不顧自己造成的大麻煩，用獨具創意的方法試圖闖入那個世界的陽一，事後我半開玩笑地請教了他的意見。他不提自己的錯，翻來覆去就一句話，「絕不容許有尋死的念頭」。看來大家都是嚴以律人寬以待己呢。他說，我們還活著，所以幸夫也要好好活著。

事到如今或許不該提這個，但我現在很後悔當初感冒時對妳講那種話。妳苦口婆心勸我去醫院，我卻說不關妳的事，這妳還記得吧。當時我是真的認為，我甚麼時候要死是我的自由。我現在後悔了。真不知道自己到底是為了甚麼跟妳在一起。後來妳離家出走，在街上晃到半夜，不知心裡都在想些甚麼？不只是那次。妳想必會這麼說吧？沒錯。一切都沒完沒了帶著永不中止的冗長藉口，但是今後，我肯定至死都會不斷想起那些對妳傲慢說過的話、採取過的態度，同時背上冒著冷汗就這麼活下去吧。

死亡，會給倖存者的人生造成陰影。死亡的方式越悲慘，人們就越會受到深深傷害，自我譴責，失去活下去的意志，那種痛苦，也可能又帶來別的死亡。我不希望我這種人的死，讓小真和小燈產生那樣的心情，哪怕只是一瞬。那兩個孩子已經失去太多，而且正在奮鬥。我與他們之間，早已產生太密切的關係，讓他們無法全然無視我的死亡。

陽一說「我們還活著，所以你也要好好活著。」，我懷疑是否真有這麼簡單，不過或許其實真的就這麼簡單吧。只要有那個人在，就不能尋死。人人都需要有這樣的「那個人」讓自己這麼想。那是為了活下去，能夠思念的對象。我深深感到。沒有他人的人生根本不存在。人生，就是他人。於我而言，死去的妳好像直到當下這一刻，才漸漸變成「那個人」。已經太遲了嗎——。

我打算開始寫別的小說了。已有新的靈感浮現。妳絕對沒看過的作品，接下來將會有第二篇。心情有點不安，也有點解脫。雖然覺得終於可以不用顧忌妳，盡情寫出更激烈的內容，但我想寫的竟是青春小說。妳猜，最後我真的能夠寫出來嗎？總之，我會努力試試。請妳也在那個世界好好保重。幸夫筆。

＊

門一打開，美容院內的氣氛，頓時僵住了。

（是幸夫。）

（幸夫來了。）

曾是衣笠夏子部下的員工們，沒有吭聲，只是互相使眼色。

「津村老師，最近好嗎？」店長栗田琴江主動上前，和顏悅色地迎接他，衣笠幸夫罕見地結結巴巴說出這天造訪美容院的理由。

栗田琴江和員工們各自取出手機，有數位相機的人也拿出相機，紛紛把自己擁有的衣笠夏子的照片給幸夫看。新春團拜及吃尾牙的席上，夏子臉泛油光握著麥克風的照片，也有員工旅行時穿著溫泉旅館準備的浴衣摔跤的照片，在重新裝潢開張的美容院前全體喊「耶——」的照片……每一張，都和那張彷彿從電影的某一幕場景擷取充滿藝術感的遺照一點也不像，全是很糗的照片，但幸夫懇求她們把那些照片轉讓給自己。

栗田琴江照著夏子以前剪的樣子分毫不差地替衣笠幸夫修剪出完美髮型。當她調侃：「像馬斯楚安尼一樣喔。」幸夫彷彿年幼的小男生面紅耳赤。

終於，衣笠家即將收拾完畢。夏子剩下的衣服和零碎物品以及所有化妝品，幸夫全都一個人拿去扔掉、送給別人，或是送去資源回收了。女人的東西總是特別多。家中忽然變得格外空曠，敞開的窗子吹入清風好像也比以前更通風。他把那張一直擱置在桌上的大遺照收起來，從美容院員工擁有的照片中挑了一張請照相館沖洗出來，放進小小的相框中。那是一張很普通的照片。雖然笑得愉悅，旁人見了，八成會說選哪張不好幹嘛偏偏選這張。但是，夏子並沒有別人說的那麼美貌，也不是完美無瑕的女人。最重要的是，那張照片拍到了幸夫熟悉的妻子面貌。

客廳書架的中層，視線最常觸及之處，放著幸夫的人生中想必是最初，也是最後的家庭合照。那是過了很久之後，他考慮良久，才委託紫薇樹下那家照相館的老闆加洗出來的。一旁悄然放著夏子的照片，隨著吹來的清風，隱約有鋼琴聲悠揚。同樣的曲子，夏子走後的那個晴朗冬日好像也在這裡聽過。彈琴的似乎是小孩，也似乎是大人，總之比起當時，彈奏的技巧似乎變得流暢多了。

——欸我記得妳以前也學過鋼琴吧。這首曲子叫做甚麼？

他試著發問，然而耳畔不再有妻子的聲音回答，唯有溶入風中的不知名旋律，輕盈籠罩城市。衣笠幸夫，直到這一刻，不是為了其他任何人，也不是出於悔恨，純粹只是想到妻子，潸然淚下。

PLP0053
漫長的藉口
作　者—西川美和
譯　者—劉子倩
編　輯—黃煜智
行銷企劃—張燕宜
總編輯—余宜芳
董事長
總經理—趙政岷
出版者—時報文化出版企業股份有限公司
10803台北市和平西路三段二四〇號七樓
發行專線—(〇二)二三〇六六八四二
讀者服務專線—〇八〇〇二三一七〇五
(〇二)二三〇四七一〇三
讀者服務傳真—(〇二)二三〇四六八五八
郵撥—一九三四四七二四時報文化出版公司
信箱—台北郵政七九～九九信箱
時報悅讀網—http://www.readingtimes.com.tw
電子郵件信箱—ctliving@readingtimes.com.tw
思潮線臉書—https://www.facebook.com/trendage
法律顧問—理律法律事務所　陳長文律師、李念祖律師
印　刷—盈昌印刷有限公司
初版一刷—二〇一七年十一月
定　價—新台幣三八〇元
(缺頁或破損的書，請寄回更換)

時報文化出版公司成立於一九七五年，
並於一九九九年股票上櫃公開發行，於二〇〇八年脫離中時集團非屬旺中，
以「尊重智慧與創意的文化事業」為信念。

國家圖書館出版品預行編目(CIP)資料

漫長的藉口 / 西川美和著 ; 劉子倩譯. -- 初版. -- 臺北市 : 時報文化, 2017.11
面;　公分.
譯自 : 永い言い訳

ISBN 978-957-13-7170-2(平裝)

861.57　　　　106017768

ISBN 978-957-13-7170-2
Printed in Taiwan